朝日新書
Asahi Shinsho 755

患者になった名医たちの選択

塚﨑朝子

朝日新聞出版

はじめに

——やはり胃潰瘍ではなく、胃癌で、しかも肝臓転移を起して黄疸が出ているのではないだろうか——、そう思うと、早鐘を打つように動悸が鳴り、絶望的な思いに襲われたが、その半面、胃癌の専門家である自分に限って、胃癌が肝臓転移を起こすまで気付かずにいるはずがないという考えもあった。（山崎豊子『続 白い巨塔』、新潮社、１９６９年刊）——

人は誰でも、病気になる可能性がある。病であることを知らされて、心に湧き上がるのは、驚き、惑い、悩み、苦しみ、嘆き、怒り、悲しみ、後悔……。最後は病を受容し、時として諦め、悟りの境地に至るのかもしれない。

では、病の専門家である医師が、自分が病に罹っていることを知った時は、どうだろうか。自らの病にどう向き合い、どのような選択を下すのだろうか。

架空の世界では、名医たちの病気は、しばしばドラマチックに描かれている。

医師でもあった手塚治虫の漫画『ブラック・ジャック』には、無免許の天才外科医であるブラック・ジャックが、自分自身の手術をする場面が何度も登場する。手術台に鏡を吊《つる》して自らの腹膜炎を手術したり、腹部を切開して寄生虫を摘出したり、さらには足の移植手術まで行った。

テレビドラマが生んだ最強のフリーランス外科医、大門未知子は、余命3カ月の後腹膜《こうふくまく》肉腫《にくしゅ》（希少がんの一種）が判明すると、「私、患者でも失敗しないので」と言い放つ。執刀医を指名し、自分が手術する他の患者と同様に、手術の手順や起こり得るすべてのケースを予測して完璧に準備してノートに記していたことで、一命を取り留める。

そして冒頭、医療小説の金字塔である『白い巨塔』では、食道噴門《ふんもん》癌の手術を得意とする外科医の財前五郎が、自ら専門とするがんに冒される。当時の慣習として告知されないまま、袂を分かったかつての上司に執刀を委ねることで、心の安らぎを得たものの——。

さて、現実の名医たちは、どうだろう。

医師は科学者でもあるから、一般の人よりも冷静に思考するのではないだろうか。医師が病を克服しようとした経験を共有してもらえれば、病へのより良い対処法のヒントとすることができるのではないか。そんな思いから、筆を起こした。

しかし、自分が病を得たことは究極のプライバシーであり、公にするには、それなりの覚悟がなくてはならない。そもそも、自らの病気を恥じる医師もいるようだ。

日本人の死因のトップは、がん。日本では、生涯で2人に1人ががんに罹《かか》り、3人に1人ががんで命を落とす。がん闘病を経験したある医師は、「医学界の一部には、医者ががんになるなんて困ったものだという風潮がある」と語る。

実は、多くのがんは、細胞分裂時にDNAの複製過程でエラーが生じたために、異常な細胞の増殖が起こっている。また、がんを引き起こす遺伝子変異とともに、遺伝的にがんに罹りやすい家系があることも知られている。がんになったことを、特別に恥じることはないはずだ。

紺屋《こうや》の白袴《しろばかま》――日本の故事で、他人のためにばかり忙しくして、自分のことをする暇のないことを指す。江戸期の紺屋（染め物職人）は、布を藍で紺色に染めることを生業としながら、自分の袴には手が回らず、染めない白い袴を履いていたという。

この同義語が「医者の不養生」で、医師が自らの病について口を閉ざす理由ともなっているようだ。確かに医師は多忙だが、必ずしも養生（健康の増進を図ること）していないわけではない。むしろ豊富な医学知識を生かして、摂生していることが多く、健康診断も定期的に受診している。

がんに限らず、多くの病は養生していても起こってくる。今後、遺伝子の解析がさらに進めば、どんな病気にも、先天的な遺伝要因が関わっていることが明らかになってくるだろう。もちろん、病気の発症には後天的な環境要因（生活習慣病など）も大きく影響しているが、特定の病気になりやすいという生まれつきの素因は免れられない。

幸いにも本書では、「患者・家族」と「潜在患者」（すべての人）の役に立てればという趣旨で、18人の医師が自らの闘病体験を語ってくれた。

その中に、がんになった医師は9人（2人に1人）いる。根治する病ばかりでなく、後遺症として障害を抱えながら生きる医師もいる。思うように動かせない体、見えない目……不自由と向き合いながら、医師の仕事を全うしている人たちもいる。そして、誰もが、患者としての体験を治療に大きく生かしている。

転んでもただでは起きない。ここから先に繰り広げられるのは、病が豊かにした18人の医師の人生の物語である。

塚﨑朝子

2020年3月

患者になった名医たちの選択

目次

はじめに　3

第1章　突然の一撃に見舞われて　15

「走る整形外科医」が片麻痺に

高血圧性脳出血

丹野隆明　松戸整形外科病院（千葉県松戸市）院長補佐・脊椎脊髄センター長　16

人生3度の命を脅かす事態

脳出血・心筋梗塞

葛西龍樹　福島県立医科大学医学部地域・家庭医療学講座主任教授　30

針刺しでB型肝炎に　死と生思う

医療事故によるB型肝炎

荒井保明　国立がん研究センター　理事長特任補佐　中央病院放射線診断科・IVRセンター医師　43

第2章　がんと向き合う医師が、がんに

57

自らの乳がんを発見し診療に生かす

乳がん

唐澤久美子　東京女子医科大学 医学部長 放射線腫瘍学講座教授・講座主任

58

がんに打ち勝った人生を他者のために

肺がん

髙橋修　医療法人平和会　平和病院（横浜市）緩和支援センター長

71

「思いがけぬ」がんで新境地

腎臓がん

船戸崇史　医療法人社団崇仁会船戸クリニック（岐阜県養老郡養老町）院長

85

第3章　からだの機能が失われる中で

難病ALS発症も人の役に立ち続ける　99
筋萎縮性側索硬化症（ALS）
太田守武　NPO法人Smile and Hope 理事長　100

視力失われる中で精神科医になる決断
網膜色素変性症
福場将太　美唄すずらんクリニック（北海道美唄市）副院長
江別すずらん病院（北海道江別市）精神科医　114

40代でキャリア一変する難病に
パーキンソン病
橋爪鈴男　社会福祉法人桑の実会
くわのみクリニック（埼玉県所沢市）院長　128

第4章　命をつないでくれた人のために　143
兄が提供してくれた肝臓が命をつなぐ
B型肝炎から肝がんに
佐藤久志　福島県立医科大学医学部放射線腫瘍学講座講師　144
30歳目前で白血病　骨髄移植に賭ける
白血病
原木真名　医療法人社団星瞳会　まなこどもクリニック（千葉市）院長　158
第5章　心の声に向き合って　171
4歳で「男としての自分」に違和感
性同一性障害
松永千秋　ちあきクリニック（東京都目黒区）院長　172

「アル中医師」が「アル中患者」を診る
アルコール依存症
河本泰信　よしの病院（東京都町田市）副院長　186

第6章　病が開いた新たな治療法　201

「糖質制限食の伝道師」の原点
2型糖尿病
江部康二　一般財団法人高雄病院（京都市）理事長　202

がん予防法探し「間欠断食」に出会う
舌がん
青木厚　あおき内科　さいたま糖尿病クリニック（さいたま市）院長　216

第7章　がんが豊かにした人生　229

医院開業3年目、突如白血病に

白血病
森山成林　通谷メンタルクリニック（福岡県中間市）院長
順風満帆の中、ステージ4のがん宣告　230

悪性リンパ腫
井埜利博　医療法人いのクリニック（埼玉県熊谷市）理事長・院長
人生が2分の1なら倍以上働き遊ぶ　244

胃がん
嶋元徹　嶋元医院（山口県大島郡周防大島町）院長　大島郡医師会会長（当時）　258

おわりに　272

（文中敬称略）

この新書は、著者が月刊『集中』誌（集中出版）に連載しているルポ「医師が患者になって見えた事」の第1回（2017年2月号）から第35回（2020年1月号）までを加筆し、まとめたものです。

第1章　突然の一撃に見舞われて

「走る整形外科医」が片麻痺に

高血圧性脳出血

丹野隆明　松戸整形外科病院（千葉県松戸市）院長補佐・脊椎脊髄センター長

フルマラソン完走40回、100キロウルトラマラソン完走10回。体力が取り柄の〝走る整形外科医〟だった丹野隆明は、脊椎外科専門の名医として週3件以上、4～8時間に及ぶ手術でメスを振るってきた。だが、2008年2月、高血圧性脳出血に倒れ、左半身が麻《ま》痺《ひ》。重度の身体障害者（2級）となり、不自由な生活に直面することになった。突然の病は、彼から得意な物を全て奪ったのだ。「もう一度、あの朝から人生を再スタートできたら」――。

丹野隆明（たんの・たかあき）1957年札幌生まれ。82年千葉大学医学部卒業。90年松戸市立病院整形外科医長、99年同整形外科部長、2009年松戸整形外科病院脊椎センター長、12年同副院長、19年同院長補佐。

撮影・森浩司

2008年2月22日金曜日、松戸市立病院(現・松戸市立総合医療センター)の整形外科部長だった丹野(当時50歳)は、いつも通り朝の全体ミーティングを終えると、5階の病棟に向かった。

午前8時30分、エレベーターを待つ間から、これまで経験したことのない違和感に襲われた。左の手足がじわじわ痺れてきたかと思うと、力が抜けていった。瞬時に「倒れる」と分かったが、倒れるとしても、エレベーターの外へ転がり出なくてはならない、頭を打ってはならない。とっさに機転を利かせた。

医師になって26年目、長年の経験から、転倒した場合、直後に発見されることが、生存率やその後の経過を左右することを承知していた。果たして、その通りに、目指す5階まで踏ん張り、エレベーターが開くと同時に、柔道の受け身よろしく前方へと転がった。60キロの体軀《たいく》が廊下にドスンと倒れる音を聞きつけて、病棟にいた大勢のスタッフがすぐに駆けつけた。

幸い、意識障害はなく、周囲と自己を正しく認識できた。「すぐにCTを撮るように」と、自ら検査のオーダーを出した。ストレッチャーに載せられてCT室に運ばれると、神経内科医が待機していた。CT撮像中、「脳出血、脳出血!」というスタッフの声が響いていた。

脳出血を起こしたのだとすぐに分かった。血圧は250㎜Hgにも達しており、高血圧性の脳出血だった。左半身に麻痺が生じたのは、そのためだった。しかし、「重篤な脳出血であれば意識も失われるはずだ。意識があるのだから自分の病の程度は軽いのだろう」と、最初は高をくくっていた。

健康自慢の自分が倒れるとは、家族やスタッフはもちろんのこと、何より丹野自身にとって最も想定外の出来事だった。自宅から病院まで片道6キロ余り、週3回は往復走って通勤していた。

実は前の晩、頭が重いと感じていたために、その朝は車で通勤していた。後に妻から「車中で発作を起こさなかったことは、本当に幸いだった」と言われ、全く同感だった。

連日の過重労働でストレスが蓄積

父親が銀行員で転勤が多かったため、丹野は全国を転々として育った。兄と共に、医師だった祖父の後を追って、1982年に千葉大学医学部を卒業した。整形外科を志願したのは、極めて単純な理由からだ。運動が好きだから、最も身近な運動器（運動に関わる骨、筋肉、関節、神経など）の外科を目指したのだ。学生時代から、走るだけでなく、バスケットボール、テニス、スキー、フットサルを長らく続けていた。

酒は〝人並み〟に好きだった。運動部の常として、先輩たちに鍛えられた末、日本酒を毎晩3合程度飲んでいた。年2回受けていた職場の健康診断では、血圧をはじめとして何ら異常はなかった。喫煙経験もない。部長職と言っても、月1回程度の夜間当直をこなし、その翌日は朝から通常勤務をしていた。勤務医としては、当たり前の生活だった。

「30～40代はマラソンも仕事も全力投球し、救急も含めて昼夜区別なく仕事に打ち込み、臨床研究や学会活動も行い、家庭サービスも人並みに。全部うまくやれたが、50歳を過ぎてやや健康に過信があったか」

それまでに、急性胃炎やウイルス性髄膜炎による入院の経験があった。「仕事は完璧を期す」と根をつめる性格で、いずれも無理がたたってのことだった。

実は、今回も予兆がないわけではなかった。倒れる1カ月ほど前から、たまたま連日のように深夜に及ぶ長時間の緊急手術があり、それに併発した合併症への対応を余儀なくされていた。

06年、福島県立大野病院で、帝王切開手術を受けた産婦が死亡したことを巡り、執刀した産婦人科医が業務上過失致死等で逮捕される事件があった（08年に無罪確定）。それを発端として、医師相手の訴訟が多発していた時代だった。24時間、いかなる病態にも対応する「三次救急」を担う松戸市民病院も例外ではなかった。手術には少なからず合併症を起こすリスクがあり、丹野も常に神経が張り詰めた日々を過ごしていた。

倒れる前日も、手術が困難を極め、終了予定時刻を大幅に遅延した。さらに、その晩は千葉市で行われた講演会に参加し、深夜に帰宅すると、これまで経験したことのない頭重《ずちょう》感に襲われた。日ごろマラソンで鍛えていたために、体力的に過酷な業務にも何とか耐えられていた。しかし、自覚がないままに丹野の体と精神は蝕まれ、徐々にストレスも蓄積していた。これが、短期的な血圧上昇を招いた。

もし、救急当直など、待機を伴う体の負担が大きい勤務を少しだけ早めにリタイアしていれば、悪夢は起こらなかったかもしれない。

不安と絶望で眠れない夜を重ねる

脳出血を発症した直後から、自院のＩＣＵ（集中治療室）に入院した。脳が腫れていたため、その後の記憶は少し混濁している。言葉は発していたようだが、家族によると、会話は成り立っていなかったらしい。時間の感覚も失われていた。

携帯電話のキーを操作しようとしても、思う通りに打てなかった。右半身は無事だったが、右手での細かい作業はできなくなっていた。左手足は全く動かないだけでなく、痛みと痺《しび》れもかなりあった。そうした自覚症状を、なかなか医師やスタッフに理解してもらえないことも、もどかしかった。

それでも、丹野は、顔なじみの理学療法士と共にリハビリテーションを開始した。そのころは、混乱からか躁状態にあり、軽口を叩いてスタッフを笑わせていた。

はっきりと思い出せるのは、脳外科の一般病棟に移って10日が過ぎた3月5日以降のことだ。脳外科医である兄の紹介で、その日から、リハビリ専門の東京湾岸リハビリテーション病院（同県習志野市）へ転院した。目標を「ジョギング再開と現職復帰」に定め、「必ず良くなって、脊椎外科医として病院に戻ってくる」と誓った。

損傷された中枢神経は再生しない。医師にとっては〝常識〟である。脊髄損傷などで、車椅子生活を余儀なくされる患者を数多く見てきた。それでも、その事実をはっきりと我が身に突き付けられたのは、転院して間もなく、リハビリ中の患者を目の当たりにしてからだ。丹野が医師であることを知ってか、担当医は控えめに告げた。

「駄目になった神経は、戻りません」

「不安」と「絶望」——当時の思いは、2語で事足りる。眠れない夜が続いた。周囲からは寝ているように見えたかもしれない。しかし、まどろむだけで熟睡からは程遠かった。「とにかく眠らせてほしい」と、睡眠薬を所望した。医師に訴えることは、それ以外何もなかった。その代わり、家族や看護師の前では号泣した。

4月24日には、日本脊椎脊髄病学会で発表を予定しており、その準備にかからなくてはならなかった。演題は、「腰椎変性《ようついへんせい》すべり症に対する後側方固定術の長期成績」。95年ごろから10年以上、1人でコツコツと調査を続けた臨床研究の集大成だった。

妻は「無理よ」と一蹴し、病院にパソコンを持ち込むのを拒んだために、大げんかとなった。しかし、担当医は許可を与えてくれ、「難しければ共同演者に発表を託す」という条件付きで、スライドや発表原稿を病室で作成した。その発表を目標に、仕事を続けてきたのだった。それがリハビリの最初の目標となった。

そして発表当日、多くの同じ研究室の医師たちが見守る中、演壇に向かって、装具を付けた左足を引き、転倒しないように介助してもらいながら階段を踏みしめた。途中で左足が痙攣《けいれん》し始めたが、転倒することなく7分間の発表を終えた。病院に戻る車中で涙が頬を伝った。

「これで終わりたくない」

学会には復帰できた、次は現場復帰だ。

両手で手術を行っていたことが幸い

丹野は左利きだが、子ども時代に習字が支障なくできるように、書字だけは右手を使うように教育されていた。それ以外は、箸を持つのもメスを握るのも左手だった。転院した専門病院でのリハビリは、まず利き手を交換するところから始まった。子どものころに経験済みだったことで、すぐに、利き手でない右手で何でも自由に操れるようになった。

勤務先の松戸市立病院には、電子カルテが入っていた。仕事に復帰するには、右手のみでパソコンのキーボード入力ができなくてはならない。全く機能を失った左手は重しとして押さえることもままならないため、紙に書く際にはバインダーが必須となった。

入院中、同僚に病室に手術器具を持ち込んでもらい、操作してみた。しかし、執刀医としての復帰は不可能だと再確認するだけの意味しかなかった。

50歳は、外科医がメスを納める年齢としては早過ぎる。しかし、医療安全の観点からもメスを放棄すべきだった。受け入れ難くても、厳然たる事実だ。それでも「外科」の看板を下ろすことは考えなかった。手術に至るまでの診察、検査、診断をして、どのような手術をするかを決めることならできるはずだ。第1助手として、再び手術室に入りたいと思った。

そのためには、まず手術中、何にもつかまらずに立ち続ける訓練をする必要があった。次に片手による縫合《ほうごう》、右手の訓練にも力を入れた。関節注射、神経ブロック検査(神経根《しんけいこん》への局所麻酔注射)、腰骨に造影剤を注射して行う脊髄造影検査なども、右手だけでできるようになった。「手術は両手が等しく使えて一人前だ」と考えており、普段から両手を使って手術を行っていたことが幸いした。

脳卒中を起こすのは、70~80歳代の高齢者が多いが、丹野は50歳になったばかりだった。スポーツで鳴らした健康体で体力はあり余っており、病室でじっとしていることはできなかった。

「将来が不安で様々なことが頭をよぎるのが、つらかった。それを避けるため、わざと一日中体を動かしていた」

血圧を測定しようと看護師が病室に出向いても、丹野が部屋にいないことが多かった。

主治医からは「リハビリをやり過ぎると、筋緊張（筋肉のこわばり）が高まってしまう」と諭されはしたが、止められることはなかった。

「リハビリで体が全く元通りになるわけではないが、何もしなければ、機能が落ちていくだけだ」

入院から118日目、6月30日に退院の日を迎えた。院内でできるリハビリは全て終えていたことから、丹野自身が退院の日を決めた。

退院は、新たな人生のスタートの号砲だった。7月、8月は自宅療養をして、酷暑の中、電車とバス、徒歩での通勤の練習にも励んだ。病院では手術室で手術に立ち会い、研究室で英語の論文も書いた。

自宅でも、衣食住の全てがリハビリになった。階段の昇り降りには手すりが必要だが、短い平地歩行であれば、装具を用いて杖が不要になるまでに回復した。2本足で生活したいと、あえて自宅の改築はしなかった。未練を吹っ切るために、スポーツ用具や趣味のマジックの道具など、使えなくなった物を徹底して処分した。

9月には念願の手術室への復帰を果たしたものの、その半年後の09年3月、市立病院を辞することを決めた。三次救急を掲げる病院の部長でありながら、自分は救急対応も当直もできないのだ。そこで、当直のみ免除してもらうという条件で、母校の千葉大の関連病院である松戸整形外科病院に移った。

発症から10年以上の月日が流れた。〝執刀をしない外科医〟として、はた目には完全復帰を果たしたように見える。

医学の世界に奇跡はない

患者のほとんどは、丹野の障害を何も知らずに来院する。座って問診をしているだけでは、何らおかしな点はない。しかし、触診にも処置にも右手だけしか使っていないことから、患者も次第に丹野の抱える不自由さに気付くようだ。

手術が必要な患者には、「この通り半身が不自由なので、手術はできない。同僚で同じ脊椎外科が専門の医師が執刀するが、一緒に手術室に入り、手術後もきちんと診療する」と伝える。手術内容を説明すると、患者の抱える不安は一掃される。これまで、転院を希望したり、苦情や不安を訴えてきたりする患者はいない。手術室では、的確な指示を出して執刀医をアシストし、若手を育てている。

並の外科医であったら、〝外科〟を諦めているはずだ。だが、丹野の復活は、決して奇跡ではない。

「医学の世界に奇跡はない。たとえば余命を宣告された人も、いろいろな条件が揃って生きている。（両手を使う）ひも結びはできないが、右手でできることは、練習したからできるようになった」

屋外では装具なしには歩けないが、マラソン大会にも復帰した。制限時間が設定されていない大会であれば、〝完歩〟して最後尾でもゴールインできる。杖をつきながら高尾山にも何回か登った。重度の身体障害者（2級）となっても、自慢の体力は失われていない。

「還暦も過ぎたので、運動は少し控えめにしないと」

それでも、多くのことを諦めた、我慢だらけの人生だ。高尾山を駆け抜けたい、フルマラソンをもう1度走ってみたい、ボールを思いきり蹴ってみたい……。そして未だにメスを握る自身の夢を見て、深夜目覚めるとメスがないことに気付いてショックを受ける。

「左片麻痺という障害を、自分はまだ完全に受け入れられない。患者さんには、病気や障害と共存していく術を身に付けてもらいたい。治らない症状をいつか治ると言い、治療を続けるのは罪悪であり、私のやり方ではない」

5年先、10年先の将来への不安は、今もなおある。70歳、80歳になった自分の生き方が見出せずにいる。一病息災で、1日1日を生きている。

日常生活で気を付けているのは、絶対に転ばないこと、右手を怪我しないこと、そして、十分な睡眠を取ることだ。病に倒れてから眠れぬ夜が怖かった。発病にも、不眠から来る疲労やストレスが無関係ではなかった。発症以来、睡眠導入薬の服用は欠かせない。酒量も発病前の3合にまで戻したが、半分は眠ることが目的だ。

19年には、副院長から昇進して院長補佐となり、医療安全業務に携わっている。医師としての自分の使命も、改めて認識している。

「いつまで医師として社会貢献できるか不安でもあるが、次世代の医師育成や教育が自分に残された課題だ」

丹野が自分のことで必死に生きてきた間に、発病当時は高校1年と中学3年で反抗期だった2人の息子たちも大きく巣立った。長男は医師になり研修中で、次男は医師以外の道を選び、社会人となった。

「医師だから周りの人に支えられ、デスクワークが中心でも復帰できた」

最後に「病で得たものは」の問いかけに、「忍耐力と人に感謝する気持ち」と答えた。

■病歴
2008年２月22日　松戸市立病院整形外科部長として勤務中倒れる。即、ICU（集中治療室）に入院。高血圧性脳出血と診断。左片麻痺。
３月５日　リハビリ専門の東京湾岸リハビリテーション病院へ転院。
４月24日　日本脊椎脊髄病学会に出席し７分間のパネル発表。
６月30日　リハビリ病院退院。
７月～８月　自宅療養。
９月　松戸市立病院に復帰。
09年３月　松戸市立病院を退職し、松戸整形外科病院に移籍し脊椎脊髄センター（当時）のセンターに就任。執刀はせず、デスクワークの診療にあたる。手術室ではアシストに回り、若手整形外科医を育成する。
12年　副院長に。
19年　院長補佐に。

人生3度の命を脅かす事態

脳出血・心筋梗塞

葛西龍樹　福島県立医科大学医学部地域・家庭医療学講座主任教授

2018年に始まった新たな専門医制度では、「総合診療」と称されている家庭医療学。その日本における先駆けとして、人材育成にも力を注いできた葛西龍樹は、人生において、3度の命を脅かす一撃に見舞われた。28歳の脳出血、48歳の心筋梗塞、いずれも死と背中合わせの状況から、後遺症なしに生還した。11年には東日本大震災という未曾有の災害に遭遇し、刻々と変化する現実の中で、異常と正常の区別ができなくなるほどの精神の危機に直面した。

葛西龍樹（かっさい・りゅうき）1957年新潟県生まれ。84年北海道大学医学部卒業。カナダ家庭医学会認定家庭医療学専門医課程修了。96年北海道家庭医療学センター所長。2006年から現職。

撮影・塚﨑朝子

1984年に北海道大学医学部を卒業した葛西は、そのまま母校の小児科医局に入局した。そのわずか8カ月後には大学病院を出て、日鋼記念病院（室蘭市）に小児科医として赴任した。最初の勤務先となった病院は、80年に日本製鋼所の企業立病院から医療法人として独立した病院であり、地域の中核的な医療機関だった。

頭をバットで殴られたような衝撃

赴任2年目、86年7月のある日のこと、就寝前に自宅でくつろいでいる最中、突然これまで経験したことのない強烈な頭痛が襲った。いきなりバットで頭を殴られたような衝撃を受けた。脳卒中に違いない。それも脳内のかなり深い所で出血が起きたのではと直感した。

とっさに浮かんだのは、患者のことだった。当時は小児科病棟とNICU（新生児集中治療室）で、何人もの患者を担当していた。徐々に痛みが和らいできたこともあり、夜明けを待って、いつも通り病院に向かった。歩くことはでき、手足の麻痺《まひ》もなかった。回診をこなして、投薬や検査の指示を出した。

その間も、出血に伴って脳の内圧は徐々に亢進《こうしん》しているようだった。悪心《おしん》（吐き気）を覚えながら、ひと通りルーチンワークを終えると、内科の医師に「脳内出血をしているようなので、検査をしてほしい」と頼んだ。しかし、葛西が普段通り元気そうに見えたものか、「大丈夫だよ」と取り合ってもらえなかった。

身の置き所がないような違和感と悪心が続いており、昼休みになると、脳外科医に同じことを再び頼んでみた。今度は快く受け入れてもらえたが、やはりそれほど深刻だとは受け止められていなかった。実際に、CT撮影室まで車椅子でなくて歩いて行けるほどで、足取りはしっかりしていた。

意識もなお明瞭で、CTの検査台に横たわりながら、周囲のただならぬ様子が見て取れた。放射線科医や脳外科医だけでなく、小児科の医長も駆けつけてきて、撮影した葛西の脳の画像を覗き込んでいた。

検査結果は、衝撃的なものだった。脳内に出血があり、命に関わる事態であることを告げられた。診断は脳動静脈奇形の破裂による脳内出血だった。脳内の動脈と静脈が「ナイダス」と呼ばれる異常な血管の塊を通じて直接つながる先天性の奇形があった。このため動脈内の血液が静脈へと流れ込み、高い圧力がナイダスや静脈にかかるため、破裂すると脳内出血やくも膜下出血を起こすのだ。

いったん出血が起きると再発するリスクは極めて高く、適切な処置が必要だとされ、そのまま入院となった。脳を保護するために脳圧を下げる薬の点滴を受けながら、葛西は必死に心を落ち着かせようと努めた。マルセル・パニョルの人情喜劇をフランス語の原著で読みながら、手術日を待った。

ナイダス（血管塊）を摘出する手術は、頭部を切開する開頭手術で行われることになった。専門とする脳外科医でも難度の高い手術だ。血管造影により、患部は右側の前大脳動脈の一番深い所にあると突き止められた。出血すると止血が難しい箇所で、手術中に命取りになることもあり得た。

手術前日、葛西の目の前に、夢ともうつつともつかない光景が浮かんだ。北京の天安門広場のような広い広場に、たった1人で立っていた。広場のはるか彼方には、黒く太い帯のような境界線がジグザグに引かれていた。その帯を越えた先に「死」がある――。孤独な状況に置かれており、恐怖に襲われた。しかし突きつめてみれば、そこにある「死」は絶対的なものではなく、相対化されていた。自分はまだ〝こちら側〟にいる。あちら側へ踏み出さなければいいのだ。これが臨死体験なのだろうか。

手術に対する覚悟が決まると、走馬灯のように、人生がフラッシュバックした。

父は、腎臓や糖尿病が専門の内科医だった。葛西は母の実家があった新潟県関川村で生まれ、3歳から8歳までを父が勤務していた福島県立病院があった会津若松市で過ごした。内科医長だった父は、自衛隊のヘリコプターに乗って雪で孤立した地域の医療支援に出かけることもあった。地域の人たちが必要としている医療を届ける姿は、この当時に刷り込まれたものだ。その姿に憧れて医師を志した。日本にはないその専門医が、世界では「家庭医」と呼ばれていることを、大学5年の時に知った。

全てを受け入れた上で生きていこう

手術当日の朝、神奈川県逗子市の病院で院長をしていた父と病室で向き合った。万が一の場合には、残された家族のことを託したいと告げると、父は「そんなことは分かり切っているから心配するな」と手術室へと送り出してくれた。ナイダス（血管塊）を摘出するための開頭手術は、8時間がかりだった。

幸いにして後遺症もなく退院の日を迎え、何事もなかったように仕事に復帰した。いや、一つだけ小さな変化があった。発症前より、人生を明るく捉えられるようになっていた。それが死と向き合った気持ちの変化なのか、脳の深部を手術された影響なのかは知る由もない。「死も相対的なもの。生かされたからには、己が正しいと思うことを、人に迷惑をかけずにやっていけばいい。全てを受け入れた上で生きていこうという心構えが、病気の過程でできてきた」

その後は大過なく北海道で研修を続け、90年からは、家庭医療学の先進国であるカナダで待望の専門研修を受ける機会を得た。世界の家庭医療学の父とされるイアン・マクウィニーから、1カ月間マンツーマンで手ほどきを受けた。家庭医としてカナダに残る選択肢もあったが、恩師は、日本で新たに家庭医育成の仕組みづくりをすることの重要さを説いた。これに背中を押されて、葛西は92年に帰国すると、川崎医科大学（岡山県倉敷市）総合臨床医学講座の講師となった。96年には、日鋼記念病院を主体とした医療法人社団カレスアライアンス（当時）で、理事長の西村昭男とともに北海道家庭医療学センターを立ち上げ、初代所長に就任した。

北の大地で家庭医を育てる道を切り開き、10年にわたって土台作りに奮闘した後、福島県立医科大学の地域・家庭医療学講座の初代教授に選出された。子ども時代を過ごした福島の地は、懐かしくもあった。他大学にない福島医大の特徴は、家庭医療学の専門性を考慮して、県内の広い地域で家庭医を育成することを認めてくれたことだ。

２００６年３月に福島に異動して４カ月経った７月のこと、49歳の誕生日を控えた葛西は、再び命を脅かす出来事に見舞われることになった。

その日は、会津若松市の県立病院で、当時講座にまだ1人だけだった専攻医を指導した。その後、深夜のホテルの自室で異変が起きた。ボクサーに胸を殴打されたかのような衝撃――。ただならぬ状況であることは、すぐに見当がついた。

衝撃は合計2発。間隔は10秒ぐらいだろうか。その後しばらくして猛烈な圧迫感が前胸部を襲った。これは心筋梗塞だろうと思った。死に引きずり込まれるような感覚と向き合いながら、ある映画のワンシーンが脳裏をよぎった。

「生きろ」の声でミッションを自覚

葛西は大の映画好きで、医学教育の素材としても取り入れているほどだ。その時、思い起こした映画は、『ジョー・ブラックをよろしく』だった。アンソニー・ホプキンスが扮する巨大メディア会社の社長が、胸部にボディーブローを浴びたような衝撃を受ける。1発目でよろけ、とどめを刺すように2発目が襲う。「自分は死ぬのだろうか」と問うと、ブラッド・ピットが扮《ふん》する死神が「そうだ」と答える。その通りのことが自分の身に起きていた。28歳の脳出血に次ぐ、生命の危機だった。あの時は夜明けを待ち、自力で病院に行った。しかし今回の症状は圧倒的で、死を覚悟した。

「深夜に病院に行けば、迷惑がかかる。どうせ死ぬなら、ここで端座して人生を振り返りながら死を待とう」

しばらくして、それを打ち消すように「生きろ」という声が聞こえた。映画『もののけ姫』で聞いた台詞とそっくりだった。福島でスタートした家庭医療を整備するミッションは、緒に就いたばかり。死ぬわけにはいかない。這いつくばって電話機まで辿り着くと、「心筋梗塞かもしれないから、救急車を呼んでほしい」と告げた。

ホテルのフロント係の素早い手配で救急隊が到着し、車椅子のまま救急車に乗せられた。患者として搬送されるのは、人生で初めての体験だった。車内ですぐに心電図の電極が貼り付けられた。心筋梗塞を疑う状況証拠はそろっていたが、一縷《いちる》の望みを抱いていた。実は、夕食時のビールに酔っているだけなのではないだろうか。しかし、自分の心電図をのぞき込むと、その楽観は一瞬にして打ちのめされた。明らかに心筋梗塞だった。

運ばれた福島県立会津総合病院（当時）は、日中に葛西が専攻医を指導していた病院だった。救急外来に着くと、循環器内科医と心臓外科医の双方が心臓カテーテル室でスタンバイしているとのことだった。葛西の教え子である専攻医も幼子を背負って駆け付け、葛西が運ばれてきたストレッチャーに子どもを寝かせて手伝っていた。

ニトログリセリン、モルヒネ……救急室でなじみの医師や看護師たちが自分の指示できびきびと動いていた——と感じたのは葛西だけで、実際は指示を出せるような状態ではなかった。不整脈が多発して意識も低迷して、死に瀕していた。熟練の循環器内科医のカテーテル（細いチューブ）を介した治療により、動脈の狭窄《きょうさく》している箇所に速やかにステント（金属製の管）が挿入されて血管を押し広げ、危機一髪で二度目の命拾いをした。

発症前、特に心臓病のリスクが高いとは言えなかった。身内に発症者はおらず、血圧と体重は正常値のギリギリ上限だったが、血糖やコレステロールの値は正常だった。たばこも吸わない。家庭医療学の講座をゼロから立ち上げたばかりで、大きなプレッシャーを抱えていたことは間違いない。ただし、それは日本でこの道を志して以来の常だった。

「一病息災。もっと健康にならなければ」と、心底思った。今回、効果が期待できるのは包括的な心臓リハビリテーションだった。それは、心血管リスクの改善、運動療法、そして心理カウンセリングという3つの要素からなる。ただし、日本でこれら全てが整備されている施設は少なく、それならばと自分でアレンジした。主治医も同僚から紹介された臨床心理士も好意的で、最善を尽くしてくれた。

葛西は、北大時代からウィンタースポーツに親しんでいたが、それまで定期的な運動習慣はなかった。そこで病気をきっかけに、ランニングを始めることにした。ゆっくりと強度を上げて、現在は徐々に心拍数を140ぐらいまで上げ、ウォーミングアップとクールダウンを含めて約1時間のメニューを週5日続けている。あれから14年が経過したが、心肺機能は高校生並みとのお墨付きだ。ただし、レースには出場しない。

「自分の心拍数を維持できればいいので、人と競わず、季節感を楽しみたい」

雨でも雪でも、小降りであれば飛び出していく。

食生活も改善した。醬油や味噌などを用いる日本の食事で塩分を控えるのは難しいが、1週間を通して取り過ぎないよう合計量を調整する。好きな揚げ物はなるべく避け、会食の席でも野菜や果物を多く食べるようにする。飲酒は昔からたしなむ程度だ。これらの甲斐あって、心筋梗塞を発症した当時に比べて、体重は10キロ減量し、腹囲も8センチ減らすことに成功して、それを維持し続けている。

一病息災。「ゆる体操」取り入れ健康増進

11年3月11日、53歳の葛西を見舞った3度目の生命の危機が、東日本大震災である。太

平洋に面する福島県相馬市の公立病院で専攻医を指導中、凄まじい揺れが始まった。崩落の危険がある病棟から、早く患者を避難させなければならなかった。水田に達する津波が見えた。さらに、東京電力福島第一原子力発電所の事故……。短期間にあまりにも多くの異常事態が起こり、異常と正常の区別ができなくなるほど混乱していた。精神の危機に襲われ、放射線災害の持つ不確実性に苦しめられた。手を差し伸べてくれた人々の善意に癒やされる一方で、この機に乗じた悪意を持つ人々に翻弄される日々。社会全体が病んでいると感じた。

葛西の家庭医療学講座に対して、福島医大と県との合同対策本部から指令が出された。自衛隊と共に原発から半径20～30キロ圏内へ行き、残留している住民を探し出して必要な医療を提供するようにとのことだった。発災からわずか1週間余り、放射線の空間線量などの汚染状況の情報はなかった。若い世代の医師は子育て中だったり、結婚を控えていたりする。現地へ送り出すわけにはいかず、自分自身が出向くよりなかった。

放射線計測器も提供されなかったが、怖いとは思わなかった。住民が避難した後の地域を一軒ずつ訪ね歩き、約400人を発見して、入院が必要な3人を搬送した。健康な生活を支える仕組みづくりを提案しつつ、「地域にプライマリ・ケアを根づかせなくてはいけない」との思いを強くした。

幸い、その後は健康を害することもなく、教育にも診療にも全力投球している。心臓リハビリに加え、さらに葛西を健康にしたのは「ゆる体操」だ。運動科学者の高岡英夫が考案したもので、凝り固まった身体の緊張状態を緩めて、身体能力を高めることを目的としている。ヨガや気功、呼吸法、武術などのエッセンスが盛り込まれ、運動選手から芸術家、デスクワーカー、高齢者に至るまで取り組みやすい。葛西は、高岡と直接会って意気投合した。ゆる体操の正指導員の資格も取り、被災地の外来や在宅ケアにおいても、この体操を取り入れて診療している。

「三度生命の危機に遭遇した。でも、どれも間一髪でまた自分の仕事に戻れたのは、それが天職だからだ」

福島は3歳から8歳までを過ごした愛着のある土地である。幼少期は、旧会津藩の藩校だった道場で剣道に打ち込んだ。

「道半ばにせず、福島の地域のために誠を尽くしたい」

利を求めず義に生きる。会津藩士の精神が擦り込まれている。

■病歴

1986年7月　自宅で就寝前に、突然これまで経験したことのない強烈な頭痛に襲われる。翌日の午前中は普通に診療をこなすが、午後に撮影したCTで、脳動静脈奇形の破裂による脳出血と診断される。脳を保護するために脳圧を下げる薬の点滴を受けながら、手術の日を迎える。8時間に及ぶ開頭手術の末、ナイダス（血管塊）摘出に成功。後遺症もなく退院し、仕事に復帰。

2006年7月　深夜、仕事先の会津若松市のホテルで、胸を殴打されたかのような衝撃を受け、猛烈な圧迫感が前胸部を襲う。救急車で病院に搬送され、循環器内科でカテーテル治療を受け、動脈の狭窄している箇所にステントを挿入。

11年3月11日　東日本大震災発生。福島第一原子力発電所の事故を始めとして、異常事態が多発し、異常と正常の区別ができなくなるほど混乱していた。精神の危機に見舞われる。

針刺しでB型肝炎に　死と生思う

医療事故によるB型肝炎

荒井保明　国立がん研究センター　理事長特任補佐
中央病院放射線診断科・IVRセンター医師

駆け出しのがん治療医だった35歳のころ、荒井保明は、思いがけず生命の危険に見舞われた。愛知県がんセンター（名古屋市）の放射線診断部に赴任して3年目、針刺し事故によって、8カ月後にB型肝炎を発症したのだった。劇症肝炎への移行を覚悟することになったが、幸い免疫力で打ち勝った。その後も、生命には別状がないいくつかの入院で〝武勇伝〟を重ねつつ、患者が「より良い生」を全うするため、放射線診断を応用した治療で、患者を支え続けている。

撮影・小林正

荒井保明（あらい・やすあき）1952年東京都生まれ。79年東京慈恵会医科大学医学部卒業。愛知県がんセンター放射線診断部部長、国立がんセンター中央病院放射線診断部部長などを経て、2012年同病院長。16年から現職。

1980年代ごろから増加の一途を辿るがん患者。荒井は、84年から愛知県がんセンターに勤務していた。生まれ育った東京を離れて暮らすのは、初めての経験だった。

同センターは都道府県立のがん専門病院では最も歴史が古く、薬物療法で先進的な役割を果たしていた。志望していた内科には空きがなく、放射線科医に転身することにした。放射線科では、外科と内科の要素を兼ね備えた新たな治療法が模索されていた。米国生まれのその治療は、インターベンショナル・ラジオロジー（Interventional Radiology）の略称で、「IVR（画像下治療）」と呼ばれている。体内に針やカテーテル（細いチューブ）を挿入し、CTなどの画像誘導下にコントロールして行う治療だ。たとえば、がん細胞へと栄養を運ぶ動脈にカテーテルを入れて抗がん剤を注入したり、血管に詰め物をしてがんを〝兵糧攻め〟にしたりするのが、IVRの代表的な治療だ。

手先が器用だったことも幸いして、荒井はIVRの手技を着々と身に付けていった。愛知に暮らし始めて3年が過ぎようという87年2月、施術中に事故が起きた。局所麻酔を行った後、荒井は、注射針の針先に再びキャップをかぶせようとした。これは安全面から今日では禁じられている行為である。その際に目算がずれ、自分の指を針で刺してしまったのだった。現場の針刺し事故は、珍しいことではなかった。

ただし、運が悪かったのは、患者はB型肝炎ウイルス抗原（ＨＢｓ）のキャリアだったことだ。自分が感染してしまう恐れがあると、一瞬激しい動揺を覚えたが、施術を中断するわけにはいかなかった。手袋だけを取り替えて処置を終えた。

現在の医療従事者は、予防のためにＨＢのワクチンを接種していることが多く、事故後もワクチンを接種する。しかし当時は、48時間以内にＨＢｓに対するヒト免疫グロブリン製剤を投与することで免疫力を高め、ウイルス感染を起こしにくくするしかなく、すぐに注射を打ってもらった。針刺し事故を起こした本人が、感染からウイルス肝炎を発症するのは、６カ月以内が目安とされていた。多忙な毎日で、そんなことをすっかり忘れている間に半年の月日が過ぎていった。

事故8カ月後に肝炎発症で死を直感

10月初旬、荒井は、日本癌《がん》治療学会学術集会に参加するため、前日から札幌を訪れていた。新たな知見を得る絶好の機会と意気込んでいたが、朝から強い倦怠感に襲われた。経験したことのないだるさに、早々に会場を引き上げ、宿泊先のホテルの部屋に戻った。マッサージ師を呼んで腰をもみほぐしてもらうと、「お客さん、肝臓が悪いね」と言われた。

名古屋に戻った翌日は、血管撮影を担当することになっていた。同僚が患部を消毒するのを待つわずかな間にも、立っているのがつらいと感じた。両手は手袋をはめているため、手を挙げたままで、しゃがみ込んだ。同僚の勧めもあり、血液検査を受けると、結果は緊急で返ってきた。肝機能を示すGOT（AST）とGPT（ALT）の値は正常値より2桁多い3000IUを超えていた。肝臓が機能しておらず、黄疸も出ていたはずだ。

肝炎を発症したに違いない。8カ月前の針刺し事故の記憶がよみがえった。B型肝炎ウイルスは感染力が極めて強いため、体内に1億分の1ミリリットルが入っただけでも発症する可能性があった。さらにB型肝炎であれば、劇症化する可能性は決して低くなかった。

荒井は、とっさに死を直感した。というのも、その夏、三重大学医学部附属病院で、B型肝炎が劇症化した医師2人が死亡し、看護師1人も重体に陥ったことが報じられていた。荒井はまだ35歳だったが、「劇症肝炎になれば、助からない」と確信した。であれば、信頼の置ける医師に診てもらい、看取りまでしてもらいたいと思った。内科の年配の医師に電話をして、全てを託した。

そのまま個室に入院になった。急性のB型肝炎が劇症化する確率は1％程度にすぎなかったが、劇症化した場合の致死率は9割を超えていた。劇症化を防ぐ有効な治療はなく、

1週間経っても検査値が下がる気配はなかった。横たわっていても身の置き所がないだるさの中で、荒井の脳裏に来し方の思い出が去来した。

荒井の父も医師で、勤務医を辞めた後に自宅で開業していた。次男である荒井は、子どものころは、成績優秀な兄が医業を継ぐものと考えており、自分は文学部にでも入って、作家になりたいと夢想していた。高校3年になると文系クラスに進み、医学部受験の準備もしていなかった。しかし、その夏、冷静に考えてみると、一握りの文豪でもなければ、文筆だけで生計を成り立たせるのは難しそうだった。そこで、急きょ方向転換して、医学部を目指すことにした。

高校時代から登山に熱中しており、山岳部に入り、本格的に冬山にも登っていた。そこで培った持久力には自信があったが、医学部入試を突破できたのは2浪の末だった。

死はいつも身近な存在だった

医学部でも山岳部に入ったが、そのレベルに物足りなさを感じ、高校時代の相棒と共に山に登り続けていた。79年に東京慈恵会医科大学医学部を卒業後、国立東京第二病院（現・国立病院機構東京医療センター）で研修を始めた。それから5年の間に、ヒマラヤ遠征のために2回休職して長期休暇を取った。1回目は81年にチョモランマの8100メートルまで制覇した。2回目は83年にナンガパルバット（8125メートル）に挑んだが、7200メートル付近で大雪崩に遭った。700メートルほど流された末、2000メートル以上の落差のある絶壁（ルパール壁）の手前でかろうじて止まった。荒井は右手を骨折しながら、再度の雪崩のリスクの中で、ほうほうのていで下山した。一方、その朝に朝食を共にした相棒は、今もヒマラヤの大地に眠っており、生と死は紙一重だと痛感した。勤務先は復職を認めてくれたが、さすがに居づらくなり、愛知県がんセンターに転職した。

がん専門病院には、難治ながん患者ばかりが集まってくる。IVRは、根治を目指す治療だけでなく、痛みなどの症状緩和を目的として使われる場合も多い。B型肝炎発症までの3年弱で、荒井が看取った患者は100人を超えていた。死は、いつも身近な存在だった。遺書を書くつもりはなかったが、病床で募ってきたのは望郷への思いだった。

「このまま東京の地を踏まずに死ぬのか。いっそ看護師の目を盗んで逃げ出し、新幹線に飛び乗ろうか」

看護師の巡回時間まで念入りにチェックして隙をうかがっていたが、決行には踏み切れなかった。院内のスタッフは、そんな荒井の企てを知る由もなく、劇症化した場合の交換輸血療法に備えて、供血者を募ってくれていた。幸い、荒井の血液型はRh+A型という最も多いタイプであり、50人以上が名を連ねてくれていた。がん専門病院では交換輸血ができないため、翌週に転院する手はずも整えられていた。

脱走は未遂のまま、週が明けた。入院10日目、月曜日の朝に採血すると、GOTとGPTは2桁台にまで落ちていた。免疫力がウイルスに打ち勝ったのだ。ウイルスを抑え込む抗体が一気に産生されたと見られ、急性肝炎は劇症化することなく鎮静化に向かった。深い安堵感に包まれた。

在院日数の制限が厳しくなる前で、のどかな時代だった。生命の危機が去った後は、肝臓や全身状態が回復してくるのを待つだけの気楽な入院となった。日々の採血以外、さしたる治療も検査もなかった。修業中の身にまたとない機会と捉えて、博士論文を仕上げることにした。がんを専門に据えてから、IVR治療に没頭していた。入院中に「肝動注化学療法のための左鎖骨下動脈経由肝動脈挿管法についての研究」という論文を書き上げ、90年に名古屋市立大学から医学博士号を授与された。40日間の入院の末、退院の日を迎えて復職した。健康を取り戻すと、肝炎は単に病歴に加わった1項目となった。

まず患者の生い立ちを確認する

発症前後で1つだけ大きな変化がある。患者と向き合う際に、どこで生まれてどこで育ったのか、患者の生い立ちをまず確認するようになったことだ。それは、自分が入院直後、死の影に脅えて、病院を脱走したいと思うほどに、生まれ育った東京への望郷の念が募った経験からだった。

残念ながら、IVRが根治術となる患者は限られており、そうでない場合には、患者が死と向き合うまでの時間は短い。必然的に亡くなる場所を意識せざるを得なくなる。本当に患者が最期を迎えたいのはどこなのか、時には自分の経験談も交えて話すようにしている。死に直面した患者の気持ちに配慮し、言葉を選びながらも、患者の希望に寄り添う。

事故後、針刺しに対して慎重を期さなくてはならないと肝に銘じた。感染事故の予防に努めることは医療者の義務だからだ。とは言え、何でもマスクや手袋をしさえすればいいという近年の風潮には、少し疑問も感じている。

「手袋をはめられた手で身体を触られるのは決して気持ちの良いものではない。人の肌の温もりは手袋越しには伝えられない」

また、マスクも患者の側から見れば違和感がある。病院の受付にマスクをした職員がズラッと並んでいるのは、異様な光景でもある。後に病院長になった時は、「インフルエンザの流行期を除き、不要不急の場合のマスク着用は控えるように」と呼びかけた。

さて、荒井は97年に愛知県がんセンター放射線診断部部長になり、2004年には国立がんセンター（現・国立がん研究センター）中央病院放射線診断部部長として、故郷・東京に戻ってきた。12年に中央病院の院長となって、病院の舵取りという重責が加わった。さらに14年には日本IVR学会の理事長となり、どちらも精力的にこなしていた。

16年に院長職を外れたが、国際学会への招聘が年間20件以上と多忙な日々は続いた。17年夏、インドで開催される国際学会への渡航数日前、これまで経験したことのない猛烈な腹痛に襲われた。文字通り七転八倒し、床をかきむしらんばかりの痛みだった。いくつか検査をしたものの異常はなく、痛みも消えたため、予定通り旅立つつもりでいた。しかし、出発前夜、再び痛みに見舞われた。深夜2時、隣接する官舎から這うようにして病院へ行き、自分でエコー（超音波）検査をした。それまで見られなかった胆管の拡張が見られ、閉塞性黄疸《へいそくせいおうだん》であることは明らかだった。「小さな胆石が原因だろう」と自ら診断をつけた。

夜が明け出勤してきた同僚医師に、内視鏡下に胆石を取り除いてもらうよう頼み込んだ。

内視鏡を十二指腸に挿入して、十二指腸の突起（乳頭）を切開する治療だ。出発を午後に控えて、半ば命令に近い〝緊急手術〟だったが、自分が下した診断通りで、切り口から小さな石が流れ出して処置は終了した。

すぐに成田空港に向かったものの、ラウンジで搭乗を待つ間にまたも激痛が襲った。切開直後の乳頭が浮腫を起こしているようだった。「このまま気圧の低い上空に上がれば気絶する」と判断し、やむなくタクシーを飛ばして病院に戻った。途中、同僚に、もう一度内視鏡下の処置でチューブを挿入するようにと強引に依頼した。

治療直前、「明日はインドに行くから、入院はしない」と言い渡していた。ところが、麻酔から覚めてみると、病室にいるではないか。学会では、親友であるインド人医師の依頼で5つの講演を予定していた。荒井は朝6時に関係者に電話を入れ、院内を説得した上で退院して、1日遅れでインドに飛び立った。5つ予定していた講演は、初日の1つができなかったものの、残り4つをこなし、無事帰国した。病気になった医師にありがちな典型的わがまま患者だが、海外との約束は果たした。

それに先立つ13年夏、病院長だったころ、重要な会議のため急いで会場に向かっていた時、折悪しく雨で濡れた床で滑って転倒した。片足で立ち上がったが、全く歩けない。病院長の一大事とあって、直ちに現場にスタッフが駆けつけ3台の車椅子が並んだ。CT検査をすると、骨盤の骨に無数の骨折が確認された。骨がずれていなかったことは不幸中の幸いだったが、固定するのも難しい部位だった。整形外科医は「ここで無理すると、一生山には登れなくなる」と脅した。それでも、翌日に退院を申し出ると、主治医は「そう言うと思っていた」と笑った。1週間は官舎で過ごし、2週目から車椅子で院長室へ通勤。3週目には松葉杖を使い、4週目から松葉杖なしで、そろりそろりと出勤した。驚異的な回復ぶりだった。2カ月目、すでに秋に差しかかっていたが、一人で登山を決行した。冷雨と吹雪で難儀したが、足は動き、山に登れた。〝武勇伝〟と言えば聞こえがいいが、「転倒したのが患者でなく自分で良かった」が院長としての本音だった。

〝高額医療の拒否カード〟を提案

65歳を迎え振り返ってみると、これまで大病と言えるのはB型肝炎だけだった。高齢者入りすると、自分の死を身近に思うようになった。長年がん治療の一線で働いていると、がんは最も慣れ親しんだ病気である。

「がんになりたくはないが、脳卒中や心筋梗塞のように突然命を奪う病気に比べれば、死への準備や心構えができる点で、がんは悪くない」

一方で、高額な新薬が続々と登場して、治療費が膨らむことには複雑な思いがある。

「高額だからと、治療を制限する権利は誰にもない。でも、日本の将来を考えると、自分は延命のための高額な治療は受けたくない。同じ考えの人は決して少なくないはずだ」

少なくとも、高額な治療を拒否する権利は誰にもあり、その意思を示しておく仕組みがあってもいいと考えている。そして、臓器移植のドナーカードに倣い、〝高額医療の拒否カード〟を提案している。

医師になってから、自ら看取りをした患者は1000人を優に超えている。

「死んで100年も経てば自分のことは誰も覚えていない。自分は跡形も残らなくていい」

一見、死に対する見方は冷徹なようだが、IVR治療を武器にして、患者が「より良い生」を全うできるよう支え続けている。2018年に出版した漫画仕立ての解説本『IVR医はいないの?――その病気、切らずに治せるかも』(メディカルアイ)の原作を務め、IVRの普及にも努めている。合間には、ライブハウスの舞台でビートルズの弾き語りをし、冬山へのアタックも続けて、自分の「良い生」も追求している。

その情熱と眼差しは、青年医師だったころと少しも変わりない。

■病歴

1987年２月　愛知県がんセンターで施術中、注射針を自分の指に刺す針刺し事故に遭遇。患者が、B型肝炎ウイルスのキャリアのため、感染を防ぐ目的で、ヒト免疫グロブリン製剤の投与を受ける。

10月初旬　札幌出張中、朝から強い倦怠感に襲われる。名古屋に戻った後、患者の検査中にしゃがみ込む。血液検査の結果、肝機能を示すGOT（AST）とGPT（ALT）が3000IUを超えており、急性のB型肝炎と診断され、入院。

入院から10日目　GOTとGPTは２桁台に低下し、肝炎が劇症化するリスクを免れる。40日間の入院の末、退院。

第2章　がんと向き合う医師が、がんに

自らの乳がんを発見し診療に生かす

乳がん

唐澤久美子
東京女子医科大学 医学部長
放射線腫瘍学講座教授・講座主任

母校・東京女子医科大学の放射線腫瘍学の主任教授として、診療、研究、教育に追われていた唐澤久美子は、自分が専門としている乳がん（ステージ2）を自ら発見した。まず先立ったのは、羞恥心だった。身内にがん罹患者が多いことから、いずれ発病するだろうと予想していたこともあり、事実を淡々と受け入れた。これからどのような治療が行われるかについても、誰よりも熟知していた。しかし、患者になってみると、教科書では決して得られない事実とも直面した。

唐澤久美子（からさわ・くみこ）1959年横浜市生まれ。東京女子医科大学卒業。同大放射線医学講座講師、順天堂大学放射線医学総合研究所などを経て、2015年から東京女子医科大学教授・講座主任、18年から医学部長。

撮影・森浩司

ある2月の日曜日のこと、いつもよりくつろいで入浴中、乳房に触れた途端、尋常でない手触りを感じた。確かなしこりがあった。乳腺専門医である唐澤には、それが何を意味するかはっきり分かった。落ち着いて確認すると、直径が2センチ以上はありそうで、つい最近できたものではないようだった。一瞬、衝撃を受けたが、恐怖を抱くことはなく、代わりに羞恥心にかられていた。

「患者には、毎日の触診を勧めているのに、これはまずい」

半年前から熱心に乳房に触っていれば、ささいな異常のうちに気付いたはずだし、専門家の自分ならば3カ月前に確実に分かっただろう。しかし、この3カ月ほど、忙しさにかまけて触診を怠っていたことを後悔した。

風呂場を出ると、居間にいた夫に告げた。「私は、乳がんだと思うわ」。夫の克之は同じく放射線腫瘍医で、一瞬驚いて顔を上げたが、平静を保っているようだった。

唐澤の身内には、がん罹患者が多い。母は乳がん、父は大腸がんで、乳がんは大おば、そして妹もかつて患っている。父方の祖母は子宮がんで、おじは腎がん、母方の祖母は卵巣がんと膵《すい》がん、リンパ腫や肉腫になったいとこもいる。

「家族内にがんが集積する〝がん家系〟に生まれ、いずれ自分も100%がんに罹《かか》るだろうと予想していた。50代後半までならなかったのは、むしろ不思議だった」

乳がんの場合、全体の約10％は、一つの遺伝子変異が親から子へと伝わって発症する遺伝性乳がんである。唐澤がかつて受けた遺伝子検査では、主要な遺伝子変異は発見されなかったものの、発症につながる遺伝的素因を受け継いでいると考えられた。

2人の祖母やいとこはがんで亡くなったが、それ以外は早期発見で対処できており、90代の母親も健在である。がんは早期であれば生命予後への影響が低いことを、日々の診療を通じても、家族のこととしても実感していた。

乳がんはいくつかのタイプに分類され、治療法も異なる。全体の7割は、ホルモン受容体が陽性で、がん増殖のえさとなる女性ホルモン（エストロゲン）を抑えるホルモン療法が推奨されている。中でも「ルミナルA」タイプはがんの増殖能力は低い。一方、「ルミナルB」タイプは増殖能力が高いため、ホルモン療法に加えて化学療法も行うことが一般的だ。唐澤のがんは、3カ月間の増殖スピードを考えあわせると、「ルミナルB」である可能性が高そうだ。後にその予感は的中した。

唐澤は、画像検査のための造影剤をはじめとして、薬剤に対してアレルギーがあり、過敏反応を起こす体質だった。このため、体の負担が多い抗がん剤治療は避けたいと思っていたが、それは難しいかもしれない。がん罹患に次いで、2つ目のショックなことだった。

がんを治す放射線科医を目指す

唐澤は、少しだけ遠回りをして医師になった後、日本において放射線によるがん治療を目指した先駆者の薫陶を受けている。

1959年、唐澤は母の実家がある横浜で生まれ、国家公務員だった父の転勤で幼少期を長野や新潟で過ごした後、東京で育った。高校卒業後、いったん経済学部へ進んだが、初志を貫徹して医師を目指した。母は東京女子医学専門学校（東京女子医大の前身）の最後の卒業生で、母校に勤めていたこともあった。愛校心が強く、娘も母校で学ばせたいと考えていた。唐澤が女子医大に入学したころには、母は小児科を開業しており、アレルギーを専門にしていた。

日本ではがん患者が増え続けていた。唐澤は、最も克服すべき病気はがんであると考えて、がんを治す医師を志願した。ただし、外科は性に合わなかった。大学時代はゴルフ部に所属しており、そこで放射線科教授の田崎瑛生《えいせい》が顧問を務めていた。田崎は放射線医学総合研究所を経て女子医大に移り、がんを放射線で治すことに力を入れていた。唐澤は3

年生の時、田崎の退任記念講演を聞き、放射線療法の可能性に開眼し、深い感銘を受けた。日本は世界で唯一の被爆国であるため、放射線に対する忌避感が強いが、欧米では放射線を用いたがんの根治術が行われているという。

唐澤は美術部にも入っていた。東京大学医学部のサークルと合同で活動していたのが縁で、後に夫となった克之と出会った。克之は2学年上で、病院実習を始めており、やはり放射線治療の面白さに目覚めて、その道に進もうとしていた。

唐澤が5年生になって臨床実習を始めると、血液内科では抗がん剤を用いた化学療法が行われていた。しかし当時、根治を目指せる薬はなく、毎日のように命を落とす患者に遭遇した。一方、放射線科では、がんが治って退院していく患者が多くいた。迷わず、放射線腫瘍医になることを決めた。

1986年に医学部を卒業すると、2人の子を育てながら専門性を深めていった。母校で充実した日々を送りながら、何度か病気に見舞われた。

まず、医師になって5年目に、原因不明の特発性難聴とめまいで入院した。その3年後、首に触れてしこりを発見して、人生で初の外科手術を受けた。幸い良性腫瘍の神経鞘腫《しんけいしょうしゅ》だったが、その後も2回手術を繰り返した末、声帯の動きを支配している反回神経が麻痺してしまった。声帯をうまく動かせないためにかすれ声になってしまい、声帯にシリコンを注入してもらったものの、声は元通りにはならず、歌を歌うこともできなくなった。しかし、仕事や生活はほぼ支障なくこなせた。

その5年後、虫垂炎になった。外来診察中に激痛に見舞われて血圧も低下し、外科に搬送されて緊急手術となった。順天堂大学で助教授を務めていたころにも、外来診察中に胆石による激痛で緊急入院し、腹腔鏡《ふくくうきょう》下手術で胆のうを摘出した。2015年に母校・女子医大の教授に就任した後は、腸管の流れに異常を来す虚血性腸炎になった。定期的に健康診断は受けており、こうした病歴の多さから、2～3年に1度はCT検査も受けていた。

身辺整理の時間があるがんは良い病気

さて、日曜の晩に乳がんを見つけ、それも進行が早そうだと目星を付けたからには、一刻も早く確定診断をしてもらい、治療につなげたいと思った。唐澤はその日のうちに、同僚の乳腺科医師3人にメールを書いた。月曜に超音波検査、火曜にはMRI検査を受けた。いずれも、唐澤の診立てを裏付ける検査所見だった。水曜に外来を終えると、カンファレンスの始まるまでの10分間に、しこりに針を刺して組織を採取する生検をしてもらった。

全ての検査結果がそろい、主観的にも客観的にも、乳がんであることは疑いようがなかった。教授という立場で勤務先の女子医大病院で手術を受けることは、人目もあってためらわれた。そこで、日本乳癌学会の医師仲間の紹介で、自宅に近い別の大学病院で治療を受けることを決めた。

確定診断で、ステージ2の乳がんと告げられたが、特に落ち込むことはなかった。「人間は100%死ぬ。心筋梗塞や脳梗塞などで、急に仕事ができなくなる。がんはたとえ予後が悪いタイプであっても、身辺を整理する時間がある。そういう意味では、がんは良い病気」

唐澤は母校に戻る直前、放射線医学総合研究所で重粒子線治療を手がけており、世界で初めて乳がんに対しても実施していた。もし、乳がんになったら、自分が関わっている重粒子線の臨床試験に参加したいと思っていた。しかし、すでにがんは直径2センチ以上になっていて、臨床試験に参加できる基準から外れていた。それをとても残念だと感じる心の余裕もあった。

かくなる上は、診療ガイドラインに沿った標準的な治療を受けるしかなかった。乳がんに多様なサブタイプがある中で、唐澤は、HER2遺伝子が陰性の「ルミナルB」タイプで、ホルモン療法に抗がん剤治療を併用することが推奨されていた。

手術に先立って、外来で化学療法を受け、がんを縮小させることも勧められている。日曜にがんを発見した4日後の木曜に自宅最寄りの大学病院を受診し、翌週から抗がん剤治療を始める予定を決めた。

一つだけ不安に感じていたのは、子どものころから薬に対してアレルギーが出やすい体質であることだった。抗生物質、消炎鎮痛薬《しょうえんちんつう》など様々な薬で頻繁に副作用を体験していた。また、CT検査の造影剤でショックを起こしたり、抗ヒスタミン薬の影響が強く出てフラフラになってしまったりという経験もあった。

標準治療では、週1回タキソールを投与されることになっていた。この薬は、薬剤過敏性のアレルギー症状が出やすい薬で、それを予防するため、投与直前に抗ヒスタミン薬を内服し、さらにステロイド剤を注射する前処置を行う。それだけでも耐えられそうになかった。案の定、初回の投与後から、薬によると見られる皮疹《ひしん》（皮膚の発疹）と倦怠感に見舞われた。2回目の投与後には全身を皮疹が襲った。

自ら使って分かった薬の重篤な副作用

そこで、同じ系統の薬だが、副作用が少し異なるとされるタキソテールに切り換えることになった。しかし、副作用はむしろ増幅された。激しい神経障害で、夜寝られないほどの痛みに襲われた。それを押して、何とか地方で行われた学会に出席したものの、翌日から激しい下痢が生じた。これらの薬の臨床試験に関わっていたので予備知識はあったが、いざ自分が使ってみると、患者では経験のなかった重篤な副作用だった。激しい下痢と腹痛で食事を取ることもできず、やむなく入院した。血液の成分が作り出せなくなる骨髄抑制が起こり、免疫細胞である血液中の好中球《こうちゅうきゅう》が1マイクロリットル当たり300個台にまで落ち込んだ。さらにCT画像から、大腸に炎症が起きていると分かり、治療継続は無理だとして抗がん剤を中止することになった。

そのまま1週間入院し、何とか仕事に復帰できるまで回復した。

「標準治療と言っても、そこから外れるケースもあり、腫瘍内科医によるきめ細かい対応が必要だと思い知らされた。人生で最も過酷な1週間だった」

3週目には、副作用で体中の毛が抜け始めた。抜けたまつ毛が目に入ると痛みも出た。数カ月辛抱すれば、元通りになることは分かっており、頭髪はかつらを被ってしのいでいた。しかし、どうしても他人の見た目が気になってしまう。かつらを着けている人がすぐ分かるようになり、患者に共感できるという点ではメリットになった。また、自費の遺伝子検査はもちろんのこと、かつら代を含めて、予想以上に、がん治療にはお金がかかることも痛感した。

化学療法を始めてから4週間後、最寄りの大学病院で乳房温存手術を受けた。手術中の迅速病理検査で切断面にがん細胞が見つかったため、追加切除が行われた。さらに、センチネルリンパ節生検により、直径1ミリ以下と微小ながらリンパ節への転移も見つかった。入院期間は5日で、退院翌日から職場に復帰した。

部下である腫瘍放射線科の教室員たちには、自分が乳がんを患っていることを伝えていた。2回の入院はいずれもごく短期間だったが、診療日には代診をしてもらう必要もあった。臨床経験を積み、がんという病態を理解している医師であれば、冷静に受け止めるはずだ。しかし、学生たちには、自分ががんだと告げていない。まだ、医学知識のレベルが不十分なところには動揺を与えまいという配慮からだ。

退院後、補助化学療法としてゼローダの点滴、ホルモン療法としてレトロゾールの内服が始まった。ゼローダの副作用には、皮膚に赤みなどが出る「手足症候群」があり、生命には関わらないが、生活の質（QOL）を低下させる。薬に弱い唐澤は、1週間の服薬を終えた直後から、手指をクリームでケアしても皮が剝けてしまった。パソコンのキーボードを打てば痛みが生じ、家事も手袋をはめなくてはできない。休薬の1週間が明けるころにようやく回復するということを繰り返している。これが2年間続くことになる。

教科書で得られない診療に生かせる知識

日本癌治療学会などでは、手足症候群の対応マニュアルを作成しているが、身をもって体験した唐澤は、その内容が全く不十分だと感じた。そこで自ら志願して、改訂のためのワーキンググループで委員を務めている。

一方のホルモン療法は、抗がん剤に比べると副作用が少ない治療として知られるが、服薬後はこれまで経験したことのない疲労感に襲われた。こちらは薬を切り換えて継続中だ。乳がんは、女性の10人に1人が罹患するがんである。ステージ1であれば5年相対生存率は99%以上、ステージ2でも95%以上ある。これらの補助療法がその確率を上げるとしても、ごくわずかに過ぎない。そこで、副作用がつらいと感じれば、数日間休薬するなど、柔軟に対応している。

患者に、あえて自分のがんについて伝えることはしないが、「私と同じ薬を飲んでいますね」と見抜かれ、親近感を覚えてもらえる場合もある。専門医でありながら、自らがんになって初めて分かったことは数多くある。教科書だけでは決して得られない、診療にフィードバックできる知識だ。

まず、自覚症状は、自分にしか分からないということ。特に痛みについて、検査して異常がなければ、医師は「痛みがあるはずはないから大丈夫」と考えがちだ。しかし、実際に患者は痛みを抱えており、医師はもっと謙虚に患者の言葉に耳を傾けるべきだという思いを強くした。

また、がんを特別視する日本の風潮には、大いに不満がある。日本人の2人に1人ががんに罹る。自分のように、治療しながら仕事をしている人は大勢おり、もっと死亡率の高い病気はたくさんある。

「がんは、特別な病気ではない。小学生から、自分の体や病気について、もっと実質的なことを学ぶべき。保健体育の教育課程に組み込んだ方がいい」

18年4月からは医学部長に就任し、多忙さにも拍車がかかっているが、誠心誠意取り組んでいる。がん体験は確実に人生をステップアップさせている。

「医師は病気になってみないと駄目。がん治療医が、がんになるのは決して悪いことばかりではないと、心から思っている」

■病歴

２月の日曜日　入浴中に乳房に触れ、しこりを発見する。

月曜日　超音波検査を受ける。

火曜日　MRI検査を受ける。

水曜日　針生検を受ける。確定診断で、HER2が陰性の「ルミナルB」タイプ、ステージ２の乳がんと告げられる。

木曜日　自宅最寄りの大学病院を受診し、抗がん剤治療の予定を決める。

１週目　術前治療として、週１回のタキソール投与を開始。薬剤過敏性のアレルギー症状を予防するため、投与直前に抗ヒスタミン薬を内服し、さらにステロイド剤を注射する前処置を行う。投与後から、薬によると見られる皮疹（皮膚の発疹）と倦怠感に見舞われた。

２週目　投与後に全身に皮疹が出る。

３週目　副作用のため、薬をタキソテールに切り換える。投与後、夜寝られないほどの痛みと激しい下痢に見舞われる。食事も取れず、入院。骨髄抑制により好中球が著しく減少。ＣＴ検査で、大腸に憩室炎が見つかる。副作用で、抗がん剤が継続できず中止に至り、１週間入院。

５週目　大学病院で乳房温存手術を受ける。センチネルリンパ節生検により、微小ながらリンパ節転移が見つかる。５日間の入院で退院。翌日から職場に復帰。補助化学療法としてゼローダの点滴、およびホルモン療法としてレトロゾールの内服を、２年間継続する。ゼローダの副作用で、手足症候群に見舞われる。

がんに打ち勝った人生を他者のために

肺がん

髙橋修　医療法人平和会 平和病院（横浜市）
緩和支援センター長

２００４年、平和病院（横浜市）の理事長・院長になって４年目の髙橋修は、51歳の働き盛りで肺がんを発症した。ＣＴ検査で肺に見つかった不気味な陰の正体は、病変を採取して調べても分からず、手術中にも病理診断はできなかった。しかし、２週間余りして、厳然たる事実を突き付けられた。15年以上経過しても、がん闘病は人生で最重量級の出来事だ。「がんは人生のスケジュールを狂わせてしまう。この先、こうしようと思っていたことが、できるかどうか分からなくなる」

髙橋修（たかはし・おさむ）1953年東京都生まれ。千葉大学医学部卒業。同附属病院などを経て、平和病院外科医長。2000年理事長・院長（現・名誉院長）。18年緩和支援センター長。

撮影・森浩司

２０００年に平和病院の管理者となった髙橋は、多忙な管理業務をこなしていた。肝胆膵を専門とする現役の外科医でもあり、月に10件ほど執刀し、外来診療もこなしていた。医師は、体が資本である。40歳を過ぎてからは年１回、毎年定期的にＣＴ検査を受診していた。１９９１年に消化器外科の医長として平和病院に赴任して以降は、自院で検査を受けていた。２００４年のこと、当時は紙のカルテを用いており、検査のオーダーも紙で出していた。例年は検査項目のうち腹部だけを丸で囲んでいたが、その年はなぜか胸部も含めて指示していた。

定期検査のCT写真に疑惑の陰影

今年も何もないだろうと高をくってはいたが、早く結果を見たいとの思いにも駆られた。画像検査の結果は、放射線科の専門医が読影して所見を記すことになっている。髙橋が手にした自身の検査結果の所見は、ソフトな文体だったが、内容は衝撃的だった。「悪性を否定する根拠はない」と書かれており、ＣＴの撮像写真を見ると、胸部に肺がんを疑う白い陰影があった。大きくはないが、明らかに正常ではなかった。

自分のこととなると、医師らしからぬ楽観論に逃げ込みかけた。「大きな病巣ではない。

1カ月後に検査したら、消えているのではないか」。自覚症状は何もなかった。肺がんの最大のリスクとされるたばこは、30代ころまで飲酒時に2～3本吸っていた程度で、喫煙歴は浅かった。

一方で、居ても立ってもいられなくなり、仲間の医師たちに相談することにした。まず、母校である千葉大の後輩である私大の呼吸生理学教授に画像を見せると、言葉を濁した。勧められて、1年後輩の呼吸器外科医で、日産厚生会玉川病院の気胸《ききょう》センターにいた栗原正利を訪ねた。栗原から、病状が容易ならざるものであることを念押しされ、気管支鏡検査を受けた。ファイバースコープを用いて、粘膜が赤味を帯びている箇所から細胞を採取してみたが、悪性細胞は見つからず、3カ月後に再度検査することになった。しかし、依然として不気味なCT画像があった。

「がんかもしれない」と思った時に、真っ先に高橋の胸に去来したのは、高校時代に他界した父のことだった。両親は共に勤務医であり、自分と同じく消化器外科の医師だった父は、武蔵野赤十字病院の副院長だった。高橋が小学校低学年のころから、父は胃の肉腫を患い、闘病しながら仕事を続けていた。父と遊んだという経験はほとんどなかった。ただ、執刀する前日の父が、トレーシングペーパーに丁寧に解剖図を写し取って手術の予習をしていた姿が記憶に刻まれている。

父の時代には、がんを告知することは一般的でなかった。父は専門医であり、X線写真を見れば、自分の病名を見抜いてしまうはずだ。このため、別の患者の画像に父の名が付け替えられていたと、後から聞かされた。胃潰瘍《いかいよう》だと偽って何度か手術を受けたが、父は帰らぬ人となった。高橋は高校2年で、8歳下の妹はまだ小学生だった。

がんを覚悟し3つの目標を据える

自らのがんを覚悟した高橋は、3つの目標を据えた。絶対に母親より先に死んではならない、小学生の息子が自分が父を亡くした歳（17歳）になるまでは生きよう、そして、父の寿命が尽きた55歳を超えて生きよう——。

しかし、自分もがんであれば、父と似通った運命をたどるかもしれない。肺がんを疑われた時、娘は15歳、息子は9歳だった。高橋の母は耳鼻咽喉科の医師だったため、家族は父亡き後の生活にも苦労することなく、自分は医学部に進ませてもらえた。一方、高橋の妻は元は看護師だが、長らく仕事に就いていなかった。子どもたちに望む教育を受けさせられるだろうか。

3カ月後に病巣が広がっていないという保証はなかった。後輩の栗原に「今なら、負担が小さい胸腔鏡《きょうくうきょう》下でできる」と告げられたことにも、背中を押された。妻、そして現役の耳鼻咽喉科医だった母に、「がんらしいから手術を受ける。病理診断で何もなければ、それでハッピーだから」と伝えた。限りなくグレーな状態に、決着を付けたかった。

診断をつけてくれた栗原に執刀を委ねたかったが、「親しい間柄では感情が入るからできない」と固辞された。その代わり、「自分が手術を受ける時に頼みたい第一人者」として、国立病院機構神奈川病院（秦野市）の加勢田靜を紹介された。理事長の立場で、近隣の病院に入院すれば、余計な憶測や気遣いを生じさせる。それを避けるためにも、程よい距離感だと思えた。病院の幹部会で病状を率直に語り、職員たちにはイントラネットの掲示板で病気療養する旨を伝えた。

家庭内には、自分の想像以上に重苦しい空気が漂っていたが、髙橋は自分のことで精一杯で、家族まで気遣う余裕はなかった。「明日入院するの。がんじゃないの？」の娘の一言に、不意を突かれて「そうかもな」と答えた。しばらくの沈黙の後、娘は「なぜ知らせてくれなかったの」と号泣した。つられて、息子も大泣きした。

手術前日、妻と連れ立って1時間、乗りつけない電車に揺られて入院先に向かった。

「明日手術をするのは、この車内で俺だけだろうな。最も不幸な人間だ」

とことん卑屈になった。

6月22日、手術の朝を迎えた。子どものころに手の小指を骨折して以来の入院体験だった。もし、がんであったとしてもごく早期と見られており、胸腔鏡下で手術を行うと聞かされていた。胸に直径2センチ程の穴を複数開け、そこから内視鏡（胸腔鏡）や手術道具を挿入して行うもので、所用時間は1時間ほどだという。術中に採取した実際の組織に迅速病理診断を実施して、がんであれば周辺にあるリンパ節の切除（郭清《かくせい》）を念入りに行う手はずだった。ところが、2時間が過ぎ、3時間が過ぎても、手術が終わる気配はなく、妻と母は待合室で青ざめていた。麻酔をかけられ意識がない髙橋は、その異常事態を知る由もなかった。

5時間が経つころ、やっと手術台から解放された。迅速細胞診を行うための機械が故障してしまい、がんの確定診断を付けられなかったという。麻酔から覚めた後、髙橋は、手術の一部始終について報告を受けた。がんであることを前提として、患部のある右肺の下葉を多めに切除し、リンパ節も郭清した。切除した肺を取り出すために胸に開けた傷は予想以上に大きく、直径7センチ近かった。

1週間経って退院の日を迎えた。術後の補助化学療法が必要ないか、主治医に尋ねた。「様子を見ましょう」と言われ、結局、抗がん剤治療は受けないままだった。

がんともそうでないとも白黒付かないまま、手術から7日目を迎えていた。傷跡が大きいことから、抜糸は自院でしてもらうことにした。外科医に「これから行くから処置を頼む」と告げた。

退院から1週間後、最初の外来があったが、病理診断の結果はまだ出ていなかった。それから3日して、病院からの書面と電話により、正真正銘の肺がんだったと伝えられた。幸い、ごく早期のステージ1aで、リンパ節にも胸膜にも転移は認められず、〝取り切れた〟という診断結果だった。

これで仕事に復帰できるだろう。となると、次には、体力が衰えているのではないかという不安が襲ってきた。

療養のための休暇は、2週間もらっていた。そこで、退院して1週間が過ぎたころから、体力維持のためにウォーキングをすることにした。自宅から近い日産スタジアムには、全周1キロほどの周回コースがある。そこを妻と2人、「回復しなくてはいけない」というぐら執念を込めて、ひたすら歩いた。健康になった今から振り返っても「きつい」というぐらいの苦行で、無理がたたって異常な胸水が貯まるという落ちが付いた。

患者になったからこその得難い経験

外科医として当たり前のように患者にメスを入れていたが、自分の傷の痛みは予想以上に強く、閉口した。

「オピオイド（麻薬性鎮痛薬）を服用すると、消しゴムで『痛み』という字をこすったように痛みが消えた」

患者となったからこその得難い経験だった。勤務先でない病院で治療を受けたことで、苦痛を感じれば弱音を吐くこともできた。

そして、復職の日を迎えた。

平和病院は、大学医局の人事で入職した病院だったが、経営に心血を注いでいた。東芝社長や経済団体連合会の会長などを務めた故・土光敏夫が、戦後間もない1946年に自社の寮を転用し設立した伝統ある病院で、地域に根付いていた。一方、たとえば、感染対策などの徹底が求められる現代では、時流にそぐわない面も出てきていた。建物も老朽化していた。

2000年、高橋は47歳と比較的若くしてトップに就任すると、地域でのあるべき病院の姿を模索した。まず、第三者評価として、日本医療機能評価機構の病院機能評価を受けることを計画した。看護部長と二人三脚で、病院の規約を作り直すところからスタートした。当時は病院のロゴマークもなかったが、イニシャルの「H」を図案化して人が人を支えるように見えるマークの素案も高橋が作った。それ以外にも病院の基本方針を作成するなど、細かい仕事に追われた。

思い起こすと、相当量の仕事をこなし、プレッシャーやストレスはそれなりにあったが、それががん発症に影響を与えたとも思えなかった。退院後、05年3月に無事、認証を受けることができた。

そして、がん闘病をきっかけとして、高橋は自分の診療スタイルを大きく見直した。父と同じ消化器外科の道を選んだのは、「自分で悪い所を切り取って治せる」という単純な理由だった。手術後は充実感があったが、長らく続けていると、手術では救えない患者がいるという現実に直面した。

平和病院は150床弱で、一般病床と療養型病床が混合したケアミックス病院である。小回りが利くことから、再発したがん患者も受け入れていた。手を尽くしても治癒が叶わない場合は、心身の苦痛を和らげる緩和ケアを提供し、最期を看取ることも少なくなかった。3人に1人ががんで亡くなる時代にあって、それもまた病院に求められる機能だ。髙橋は、外科から緩和医療へと少しずつ軸足を移し始めていた。

退院後の大仕事の1つが、病院の新築・移転だった。病院機能評価の受審以上にハードな仕事だったが、「病院新築時に院長でいられることは恵まれている」と、こちらも全力投球した。

幸い、高台にあった元の病院の下の土地を取得でき、11年6月に新病院に移転した。最大の目玉は、「緩和ケア科」の病棟を新設したことだ。07年に近隣に済生会横浜市東部病院が開院した後、平和病院の手術数は減少していた。一方で、こうした地域の基幹病院と連携する要の病院となることが、より一層求められていた。

一口に「緩和ケア」と言っても中身は様々で、担い手の思いが色濃く反映される。平和病院の緩和ケア病棟の売りは、「コンビニ緩和」と「バリアフリー緩和」である。24時間365日（コンビニ）、時には一般病棟も使って患者の受け入れ要請を断らない。そして、在宅医療や一般病棟との垣根をなくす（バリアフリー）。「緩和ケア病棟を限られた人の理想郷にしてはならない。目の前の患者にいつでも向き合えるように」と、スタッフに対する終末期についての教育にも力を入れている。

肺がんは罹患者数が多いがんで、紹介で来院する再発がん患者の半数以上は肺がん患者である。かつての自分と同じステージ1aでも、再発したという患者は少なからずいる。同じ病気になったことに親近感を寄せてくれる人もいれば、髙橋のがんを知らない患者もいる。

「たまたま私は治療がうまくいって、今も生き続けているが、目の前の患者は、もしかしたらちょっと何かが違った時の自分かもしれない」

患者を診るたびに何が分かれ目なのだろうかと、問い続ける。その答えは見つからないが、目の前の人たちの最期を、少しでもつらいものでないようにしたいという強い思いが沸き上がってくる。

65歳を迎えるまでは、週4回、計5コマの外来診療を担当するだけでなく、毎週土曜の晩は宿直を務めた。診療のない日曜日に、患者を診てから帰宅できるのは好都合だと考えたからだ。

院内コンサートなどで人生応援歌を披露

平和病院は、横浜市鶴見区や川崎市の診療所の間から「患者を安心して任せられる」との評判が立ち、連携先の医療機関が増えている。在宅部門の強化など、まだ課題も残っていたが、16年には定年を少し前倒しして院長職を退いた。後進に舵取りを委ね、自らは理事長と緩和ケアに専念していた。65歳となる節目の18年6月、理事長も辞し、地域の緩和ケア力を向上させたいと、緩和支援センターを立ち上げてセンター長の座に就いた。

歳と共に段々と運動に縁遠くなった分、音楽の演奏に打ち込む。大学の同窓会をきっかけとして16年、当時音楽サークルにいた仲間たちで「ハッピータイム」というバンドを結成した。月1回は都内のスタジオに集まって練習を重ねる。髙橋はサックスやギターを奏でるだけでなく、作詞や作曲も手がける。院内コンサートや講演会でも披露して、拍手喝采を浴びている。19年11月には、初のアルバム『小さな花』を作成した。

「学生時代は失恋の歌ばかり作っていたが、最近は、大切な人を思い、人生を応援する歌が増えた」

15年前、まだ小学生と中学生で、父ががんと知って泣きじゃくった子どもたち。娘が臨床心理士の道へ進んだのは、髙橋の病気と無縁ではない。

14年10月に、心臓の冠動脈の狭くなった部分を広げるためにカテーテル（細いチューブ）を介してステント（金属製の管）を挿入する治療を受けた。また、長年の職業病のような腰痛を抱えているが、それ以外は健康体だと言える。年1回は全身のCTを撮っているが、がんが再発する兆しはない。母は85歳まで勤務医として診療を続け、職務を全うした。髙橋もそれに倣《なら》って、がんに打ち勝った人生は、なお他者のためにも永らえていくつもりだ。

「『がんになってハッピー』ということはあり得ない。ただ痛い目にあって、気が付かなかったことに気付けたことは幸いだった」

■病歴

2004年春　毎年定期的に受けているCT検査で、肺がんが疑わしいとの所見。気管支鏡検査で細胞を採取して調べたが、悪性細胞は見つからず。

6月22日　国立病院機構神奈川病院、腹腔鏡下手術で右肺下葉を切除し、リンパ節も郭清。迅速病理診断はできず。退院後、最初の外来から３日目に、書面と電話により、ステージ1aの肺がんで、リンパ節にも胸膜にも転移は認めないとの診断結果が届く。

11年６月　平和病院が新築・移転したのを機に、緩和ケア科の病棟を新設。

18年６月　理事長を辞し、緩和支援センターを立ち上げてセンター長に就任。

「思いがけぬ」がんで新境地

腎臓がん

船戸崇史　医療法人社団崇仁会船戸クリニック（岐阜県養老郡養老町）院長

「がんになるつもりは全くなかった」。船戸崇史は、消化器外科医として多数のがん患者の手術を手がけた後、35歳でメスを置いた。がん患者を中心とした在宅ケアクリニックを立ち上げて14年目、左の腎臓に直径6センチの腫瘍が見つかった。自らのCT画像をのぞき込んだが、頭の中で「がんだとも言い切れない」と診断医の診立てを必死に打ち消していた。専門医のセカンドオピニオンでダメ出しされて、手術を決断すると、「全部を体験尽くしたろう」と肝が据わった。

船戸崇史（ふなと・たかし）1959年岐阜県生まれ。83年愛知医科大学医学部卒業、岐阜大学第一外科入局。西美濃厚生病院、羽島市民病院、美濃市立美濃病院などを経て、94年に船戸クリニック開院。在宅医療に力を注ぐ。

撮影・塚﨑朝子

船戸は1959年、岐阜県中部の山あいの洞戸村（現・関市）に生まれた。父は林業を営み、後に県会議員となった。母方の親戚には医師が多く、両親に勧められるままに私立大学の医学部をいくつか受験し、愛知医科大学医学部に合格した。

手塚治虫の漫画『ブラック・ジャック』への憧れから、外科医を志した。83年に卒業すると、岐阜大学第一外科の医局に入った。もともと手先が器用だったこともあり、メスに魅了された。大学医局の人事で市中の病院を転々とし、修業を積むことに夢中になり、大学に戻って博士号を得ることには興味がなかった。

がんを治せないもどかしさにメスを置く決意

手術の腕が上達する中で、新たな壁に直面した。まだがんの進行が浅く、手術で取り切れたと思った患者の中に、再発・転移を起こす人がいた。一方で、完全な切除は叶わないと考える患者で、がんが消えてしまうことがあった。メスさばきが熟達すると、手術時間を短縮したり出血量を減らしたり、合併症を減らすことにつなげられても、根治率に寄与する割合は低かった。内科医に尋ねてみると、「生活習慣病などは薬で抑えているだけだ」と言う。精神科はもっと「治す」実感に乏しいとのこと。そこには、いわゆる自然治癒力が働いているようだった。

「自分のメスで治しているとは思えず、患者に『安心してください』と自信を持って伝えることを躊躇するようになった」

外科医になって10年の節目の年、35歳でメスを置くことを決断した。当時、外科病棟には、がんが再発・転移して戻ってきたものの、根治が望めない患者が常時いた。緩和ケアを行う施設は限られており、執刀した医師が最期の看取りまでするのが慣例だった。終末期の患者が自宅に帰りたいと願っても、往診してくれる医師は不足していた。

船戸は医師になったことで、がんに出会い、がん患者と向き合い、患者の家族と対峙するようになり、次第に医師の傲慢さを憂えるようになっていた。在宅医療や緩和医療という言葉はまだ定着していなかったが、地域で開業して、患者の最期の生活を支えようと考えた。

眼科医である妻は反対したが、岐阜県海津市で開業している妻の父が近隣の土地の提供を申し出てくれた。開業を決断後、最後に勤めていた愛知県の木曽川町立木曽川病院（当時）の内科や整形外科で幅広い知識を蓄え、退職後も半年ほど他科で研鑽を積んだ。

94年2月、船戸クリニックを開院した。地域医療にかける意気込みは強かったが、住民たちには〝よそ者〟と見られており、当初、患者がほとんど来なかった。まだ30代の若い医師ということで、唯一、来だしたのが小児患者だった。船戸は子どもが好きだったために、子どもに注射針を刺さなくてはならないことに人一倍ストレスを覚えた。それでも患者が少ないこともあり、じっくり子どもと親に向き合ううちに、口コミで小児患者がさらに増えた。しかしそれは、緩和ケアを志す自分の望むべき姿ではなかった。

開業から数カ月で、すっかり意気消沈した。いっそクリニックを閉じてしまいたいと思ったが、開業に伴う多額の借入金を抱え、職員もおり、休業するわけにはいかなかった。小学2年生の長男を頭に次男、長女と3人の子どももいた。外科医に戻るわけにもいかない……八方塞がりになって、抗うつ薬を処方してもらい手放せなくなった。

苦しい船戸は、メンターと慕う人物に助言を求めた。クリニックの現状についての悩みと苦しい胸の内をぶちまけると、師は「極めて順調だ」と言った。その一言に船戸の怒りがこみ上げてきた。しかし、師は続けた。

「あなたの思い通りでないだけで、予定通り。現実と自分で勝手に作り上げた姿に差があるから、苦しいと感じる」

船戸の荒れていた心に、この言葉がストンと響いた。もちろん、在宅医療の夢を諦めたわけではないが、小児科の診療にもこれまで以上に誠心誠意取り組んだ。すると、次第にうまく回転し始め、終末期のがん患者など、在宅医療の依頼が入るようになり、「人生の底」を脱し始めていた。

地域に根差した事業を進める矢先にがん発覚

三世代同居の世帯も多い地域であり、医療者さえいれば、自宅に居ながら療養できる環境があった。2年、3年と経つうちに周囲の認識も次第に変わり、看取りまでするケースも出て、評判が立つようになった。開業5年目で月1～2人を看取っていたが、やがて倍々になり、年間50人ほどに増えていった。

船戸はがん患者を一手に引き受け、それ以外の疾患で在宅療養となった患者は、他の医師が担当した。妻は、子どもの成長に伴って診療に費やす時間が増えたことで、漢方外来に力を入れていた。

97年までに常勤医師は5人になり、2000年に公的介護保険制度が導入された後は、在宅医療の要となる訪問看護ステーションやリハビリテーション施設、デイサービス施設、さらには薬局などを開設した。忙しくも充実した毎日だった。開業14年目、07年の秋、船戸は48歳の年男となっており、さらなる飛躍を期していた。金融機関からの借り入れを進めるにあたり、妻と共に人生初の人間ドックを受けることにした。

船戸は、自分は健康だと信じ切っていた。大学時代から続けている合気道は6段で、毎週2時間半車を駆って名古屋の道場で稽古を続けていた。定期的な健康診断では、尿酸値やコレステロール値、血圧など、生活習慣病に関する数値が歳相応に上がりつつあったが、異常の域には入っていなかった。

名古屋のドックで全ての検査を終えると、妻と2人、並んで診断室に座った。診断医は、ディスプレイに掛けた船戸のＣＴ画像をのぞき込んだ。「船戸さんも外科医なの？　なら、話が早いね」と、左の腎臓に直径6センチの腫瘍があることを告げた。

「ちょっと大きいＲＣＣ（腎細胞がん）だけど、メタ（転移）もないし、取り切れそうです」

船戸は信じられなかった。何の自覚症状もなかった。幸いステージは浅く、がんが腎臓にとどまった初期の１ｂだという。愛知県がんセンター宛てに紹介状を書くという診断医を制して、「専門医に意見をもらいたいから」とＣＴ画像の提供を申し出た。帰宅翌日、同僚の泌尿器科医である金親史尚《かねおやふみひさ》に、患者の画像だと偽って見せた。金親は、即座に「ＲＣＣだけど手術できそうだから取ったらいい」と、こともなげに告げた。

もはや疑いを挟む余地はなかった。船戸自身の写真であることを告げ、うろたえる金親をよそに、一刻も早く切除しなければという気持ちを募らせた。信頼している同僚から駄目押しされれば、もはや観念するよりなかった。「何で俺がこんな目に……これでおしまいか」という思いも脳裏をかすめた。

消化器外科医として医師のキャリアをスタートさせ、数多くの患者を手術してきた。「今度はお前が手術台に載って、一遍切られてみろ」と、内なる声がささやいていた。小学生の時に扁桃腺を治療して以来の手術を受け入れざるを得なかった。

がんと聞けば、「死」のイメージが付きまとう深刻な病であることは間違いない。近隣の病院に入院して、風評が出てクリニックの経営に影響を来すことは避けなければならなかった。となると、心穏やかに治療が受けられそうなのは、慣れ親しんだ母校である愛知医科大学の附属病院（愛知県長久手市）だ。何かと無理も利きそうだった。

4カ月の待機期間を経て開腹手術を選択

泌尿器科の教授となっていた先輩医師に連絡を取って、早速受診した。気の置けない関係であることは安心材料だった。しかし、「すぐにでも手術を受けたい」という船戸の希望に対し、「予約者の順番待ちで、3カ月先でないとできない」という答えが返ってきて、落胆した。ステージは早期の1bと診断されていたが、自身が外科医だった経験から、CT画像だけでは、悪化を示すリンパ節への転移の有無が判別できないことも心得ていた。「長い年月をかけて成長したがんであり、3カ月で急に大きくなることはないだろうが、少しでも広がらないように念じながら待機するよりない」

クリニックの副院長である妻から、医大生の長男、高校生だった次男と長女には、早々に船戸の病名が伝えられていた。手術を待っている間、何の自覚症状もなく、何事もなかったように生活を続けていた。診療も従来通り行っていた。ただし、がんの原因について、あれこれと思い巡らせてみた。母は白血病で亡くなり、がんになった者は父方にも母方にもいたが、特段多いとは言えなかった。

生活習慣を振り返り、発症後は努めて睡眠を取ることにした。食事は、医師である妻が日ごろから人一倍気を遣っていたが、さらに念入りに塩分も徹底して管理するようになった。夜中に患者の看取りなどで急に呼び出されることがあるため、もともと酒はたしなむ程度だった。また、医学生時代にたばこの味を覚えたが、クラブ活動で打ち込んでいた合気道に支障があるため、あっさりやめていた。1つ気になったのが、持病の頭痛のため、毎日のように服用していた消炎鎮痛薬である。腎臓への負担を避けるため、薬の使用をやめることにした。

病院の都合で待機期間は4カ月に及んだ。08年2月、いよいよ入院を控えて、スタッフたちにも告げないわけにはいかなかった。職員を集めた朝礼の席で、包み隠さず病状を話した。1カ月間は闘病に専念することを伝え、個人情報なので公言しないでほしいと頼んだ。職員の中には、「このまま院長がいなくなってしまうかもしれない」と思った者もいたはずだが、静かに受け止められた。留守中は、医師たちが交替で船戸の穴を埋めてくれることになった。

手術は、なじみの教授ではなく、その部下である中堅医師が担当することになった。教授からは「昔と違って今は、内視鏡下で小さな傷の手術ができるから、ラッキーだぞ」と言われた。しかし、船戸は、腹部の小さい穴から手術器具を入れて行う腹腔鏡下手術ではなく、あえて腹部に大きくメスを入れる開腹手術を希望した。大きな傷の手術を散々してきたのに、自分だけ小さな傷で済むことは許せない気持ちがあった。

麻酔から目覚めると、腹部の傷から猛烈な痛みが襲い、開腹手術にしたことを後悔したが、もはや後の祭りだった。執刀医から「がんはきれいに取り切れた」と聞かされた。1

日も早く回復したいと焦っていたが、さっぱり食が進まなかった。味覚が変わったのかと思ったが、病院食が口に合わなかったようで、こっそり差し入れてもらった寿司に舌鼓を打った。

5日間の入院で退院し、自宅での療養に移った。腎臓がんの術後には、放射線療法も化学療法も有効性が確立していないため、補助療法は行わなかった。体力の回復を待って、予定通り1カ月後に外来に復帰した。なじみの患者から「死にかけとると聞いたが、案外元気そうやね」と言われ、情報が筒抜けであることに苦笑せざるを得なかった。

がんと対峙し生き方を見つめ直す施設を開設

がん発症後に大きく改まったのは睡眠習慣だった。以前は日が変わる前に就寝することはなかったが、毎日6時間以上の睡眠を課すようになった。合気道道場には毎週通っていたが、稽古後は疲労困憊し、自宅まで2時間半の運転途中に仮眠を挟まなくてはならなくなる。体の負担が大き過ぎると通うのをやめた。

今も日常的な運動習慣となっているのが「五体投地《ごたいとうち》」という仏教の礼拝法だ。立った姿勢から、両膝、両肘、額を地面に伏して行うもので、米つきバッタのような礼拝を毎日1

08回繰り返す。

妻は、公私のパートナーとして支え続けてくれた。万が一の場合、クリニックの運営や子どもたちの教育や生活を考え、相当なプレッシャーがかかっていたはずだが、そうした素振りは見せなかった。

手術から数年、「腹の調子が悪い」「腰が痛い」といった小さな支障があると、ひょっとしたら転移ではないかと脅えていたが、やがて一喜一憂することもなくなり、当たり前の日常が戻ってきた。

診療上では、大きな変化があった。がん患者たちが、船戸を〝仲間〟だと認めてくれたのだ。かつては、どんなに熱心に患者と向き合っても、「がん患者の気持ちは、がんにならないと分からない」と言われ続けた。がん発症後は船戸の口から、自分もがんに罹患したことを伝えることもある。

船戸クリニックでは、西洋医学のみならず、東洋医学や代替医療を取り入れた統合医療など、がんに対して多様なアプローチを続けている。18年1月、船戸は、生まれ育った岐阜県関市洞戸に、「リボーン洞戸」と名付けた滞在型施設をオープンした。「がん予防滞在型リトリート」という新しいコンセプトに基づく施設で、外科医としての集大成に取り組んでいる。

未病段階の1次予防から、2次（再発）予防、さらには進行予防まで、2週間滞在しながら、睡眠、食事、加温、運動、笑いを十分取ることをベースとして、生き方を見つめ直す時間を持つ。本当の自分の姿に気付き、リボーン（新生・復活）を促す場だ。保険が適用されない自由診療で「リボーン外来」も行っている。

医師になる前、船戸が自分の将来像として思い描いていたイメージは、実は2つあった。1つは、難手術を次々とこなすブラック・ジャック。もう1つは、往診カバンを持って田んぼの畦道《あぜみち》を自転車で駆け抜けている姿だ。外科医から在宅医療に転じて、その理想を2つとも実現することができた。その延長でがん専門の医師としてできることを模索し続けている。

「がんは敵ではない。もっと頑張らなければ、もっと我慢しなくてはと走っていた自分に、1回立ち止まって振り返る余裕を与えてくれた」

19年に還暦を迎えた。最近は、小学生などにもがんについて講演する機会も増えた。

「がんになっても、普通に楽しい人生を送っているという手本を見せていきたい」

■病歴

2007年11月　船戸クリニック院長として多忙な日々を送る中、偶然受診した人間ドックで、左の腎臓に直径６センチ、ステージ1bの腎細胞がんが見つかる。クリニックの同僚である泌尿器科医にも同じ診断を下され、母校の愛知医科大学附属病院を受診して確定診断を受ける。

08年２月　同大学病院で、がん切除のための開腹手術を受ける。

３月　５日間の入院、１カ月間の自宅療養を経て診療に復帰。がんの診療において、西洋医学のみならず、東洋医学、代替医療を取り入れた統合医療など多様なアプローチを続ける。

18年１月　生まれ故郷の関市に、がん予防滞在型リトリート施設、「リボーン洞戸」をオープン。がん予防のために、生き方を見つめ直す時間を持ち、本当の自分の姿に気付き、リボーン（新生・復活）を促す場を目指している。

第3章　からだの機能が失われる中で

難病ALS発症も人の役に立ち続ける

筋《きん》萎《い》縮《しゅく》性《せい》側《そく》索《さく》硬《こう》化《か》症《しょう》（ALS）

太田守武　NPO法人Smile and Hope 理事長

「医療と福祉をつなげる医者になろう」。28歳で医師を目指した太田守武が、学生時代に抱いた思いは、現代の医学では治すことのできない筋萎縮性側索硬化症（ALS）という病を得て、一層熱く胸のうちにたぎり続けている。絶望に打ち勝ち、四肢が麻痺し人工呼吸器を装着しながら、今なお東北や熊本の被災地に出向いて、無料医療相談や講演などを行っている。2019年4月には訪問介護事業所を立ち上げ、医師であり難病患者である強みを最大限に発揮している。

太田守武（おおた・もりたけ）1971年東京都生まれ。2006年大分大学医学部卒業。訪問診療医として勤務。15年より自宅で療養。17年NPO法人理事長。19年訪問介護事業所開設。

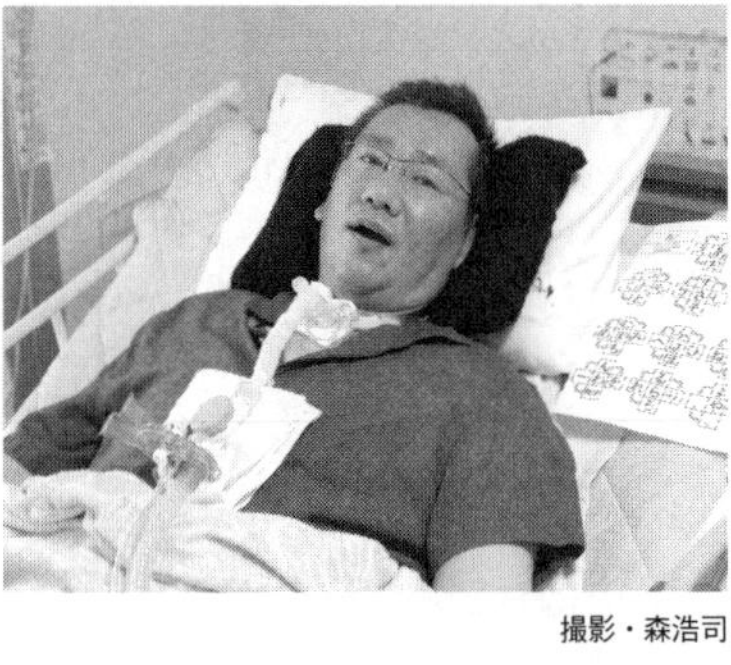

撮影・森浩司

太田は、２００６年に大分大学医学部を卒業すると、34歳で新米医師になった。実家に近い千葉県内の病院で研修を積んだ後、09年に神奈川県相模原市で念願の訪問診療の仕事に就いた。

訪問先には、看護師が運転する車で向かった。病だけでなく、患者の人生そのものを学べる天職に巡り合えた。生き生きと充実した日々に、忙しさも全く苦にならなかった。

そして2年が経ち、11年が明けるころから、右足にかすかな違和感を覚えるようになった。周りからは、右足を引きずっているように見えていた。3月に東日本大震災が起こると、たびたび医療ボランティアに出向くなど、多忙さに拍車がかかっていた。

次第に足の痺《しび》れも感じるようになったが、持病である腰椎《ようつい》（背骨の腰の部分）の椎間板ヘルニアのためだろうと、高をくくっていた。ヘルニアは、椎間板の内部にある髄核《ずいかく》という組織が一部飛び出して、神経を圧迫する。太田は子どものころから、ヘルニアによる腰痛や足の痺れに悩まされ、中学生の時に手術を受けていた。整形外科を受診してみたところ、X線などでヘルニアや脊柱管狭窄症《せきちゅうかんきょうさく》の所見が見つかったため、対症的に注射や服薬などを続けていた。

順調に訪問診療の患者が増えており、長期の休みを取ったり、入院したりする余裕はなかった。日帰りでレーザーを照射して減圧する治療を受けたが、症状は軽減されず、むしろ悪化していった。

13年になると、右足だけでなく左の足にも力が入らなくなった。両手にトレッキング用のストックを用いて体を支えて移動したが、やがて階段の昇り降りもままならなくなり、11月に一時的に訪問診療から身を引いた。

妻は出産を控えており、2人で太田の両親が住む千葉県に転居した。何とか医師の仕事を続けたいと伝手を頼り、介護老人保健施設の施設長の職を得た。妻に送迎してもらい、車椅子で診療に当たった。

妻は泣き崩れ息子はまだ2歳だった

脊椎脊髄外科の名医を求めて、病院を探した。14年秋、太田を診察した整形外科医は徹底的な検査を繰り返した末、首をかしげた。

「ここまでして治らないのならば、神経難病の可能性があります」

同じ病院の神経内科を受診すると、整形外科を中心として、多くの疾患の可能性が、一つまた一つと否定されていった。太田は不安を募らせたが、一縷の望みをつないでいたのが、ギラン・バレー症候群の可能性だった。これは感染をきっかけとして筋力低下を起こす病気で、患者の診察時に何かの病原体が入り込んだのではないかと考えた。

診察した神経内科医は、次の診療日に、妻だけでなく、太田の両親も同席することを勧めた。その日、ALSの可能性が高いことが伝えられた。実はそれは、何度も脳裏をよぎっては打ち消した病名だった。医師である太田にも、看護師だった妻にも、ALS患者にこの先起こり得ることは大方予想がついた。やがて歩くことはおろか、会話も食べることも、呼吸すら自力ではままならなくなる――。妻は泣き崩れた。太田も頭の中が真っ白になったが、なお頑なに病名を否定していた。息子はまだ2歳だった。

将来の道を思い定め28歳で医大生に

太田が医師になるまでには、紆余曲折《うよきょくせつ》があった。

医師を志したのは、20歳を過ぎてからだ。系列の高校から早稲田大学理工学部に進み、大学院で材料工学の研究をしていたが、将来の道が思い描けずにいた。母親が障害者のための福祉作業所に勤めていたことから、そこでボランティアに打ち込んでみた。研究で義肢装具を作ったことがあったが、実際にそれがどのように使われているかは知らなかった。

ある日、利用者が「福祉に明るい医者がいたらいいのに」と口にした。その言葉を小耳に挟んだ時、突如アイデアがひらめいた。

「医療と福祉をつなぐ仕事こそ、自分が生涯をかけて取り組むべきことではないか」

修士課程を終えると、大学に入り直すための受験勉強を始めた。翌年、薬学部に合格して入学したが、煮え切らないまま早々に見切りを付けた。やはり、医師になりたかった。そして、２０００年、地域医療の貢献を使命としていた大分医科大学（03年に大分大学と統合）に入学した。

28歳の新入生だったが、希望に満ちあふれていた。医学の勉強に打ち込むだけでは飽き足らず、友人２人と共に「かぼすの会」を立ち上げた。医療や福祉について当事者から学ぶサークルで、カボスは柑橘類で、シイタケと並ぶ大分の特産品である。太田は、「医療者は机上の学びだけでなく、体験してみることが必要だ」と考えた。

ハンセン病の療養所で元患者と交流したり、薬害による肝炎やエイズ（後天性免疫不全症候群）、強い振動を伴う作業をしていた人が患う振動障害など、様々な患者の声に耳を傾けたり、ボランティアに勤しんだ。将来、医師として出会う人たちの病気になるまでの道筋を、身をもって知りたかった。その活動は医大だけでなく、地元の大分県立看護科学大学にも広がった。後に東日本大震災のボランティアにも、この当時の仲間たちと連れだって向かった。

医師として、何とか人のためになることはないかだけを考えてきた。太田は、人の世話にならなければ生きていけないという現実を受け入れられなかった。幸いにして、まだ手は動かせた。ALSの可能性を告げられた直後から、必死にリハビリテーションに励み、症状を克服しようとした。

室内ならば、歩行器を使い何とか歩けるまでになった。しかし、トイレに入ろうとして歩行器ごと前のめりに倒れ、それ以降は常に車椅子の生活となった。今度は、トイレの便座から車椅子に移ろうとして床に転倒した。妻に助けを求めようにも、床を這って前進するしかない。手に力が入らず、わずか3メートルの移動に1時間以上かかった。もはや、ALSであるという事実を受け入れるよりほかなかった。

15年暮れに入院し、ALSの機能障害の進行を抑制するという脳保護薬であるラジカットの点滴治療を受けた。また、ALSに関する内外の文献を読みあさった。歯科治療で口中の補綴物《ほてつぶつ》（詰め物）として用いるアマルガム（水銀を含む金属化合物）による中毒を原因とする説もあり、徹底的にこれらを除去してもらった。

しかし、病気の進行は容赦なかった。ALSは厚生労働省の特定疾病に指定されているため、40~64歳でも介護保険のサービスを利用できるが、退院しても訪問介護（ホームヘルパー）を頼む気にはなれなかった。人としての尊厳を保つため、排泄だけは、家族である妻の介助を得ても自力で行いたかったからだ。しかし、当時80キロあった太田の体重を支えようとして、妻は肩や腰を傷めた。ついに観念せざるを得ず、ヘルパー頼みとなった。

それからの太田は、妻にも子どもにも目が向かなくなった。心を満たしていたのは、「絶望」の二文字だった。34歳で医師になって10年近く、天職として打ち込んでいた訪問診療への復帰の道は、完全に閉ざされた。そう遠くない将来に待ち受けているのは、寝たきりの生活だ。動かぬ手足を抱えて、自力では食べることも話すことも、呼吸さえできなくなる……。

幼い息子を育てている妻に、さらに自分の介護の負担を強いることは耐え難く、ことさらに冷たく当たった。なす術もない怒りの矛先を向けたわけではなかった。絶望した太田は、ひたすら死を願っていた。もはや左手の人差し指が動くだけとなっていたが、今なら自力で車に飛び込んだり、海に身を投げたりすることもできる。もし自分がこの世から消えても、2歳になったばかりの息子に父親の記憶は残らないだろう。妻には、新しい人生をやり直してほしいと思った。

しかし、看護師だった妻は、太田が自宅で暮らせる手はずを着々と整えていった。介護支援専門員（ケアマネジャー）を筆頭に、医師、看護師、リハビリテーションの療法士、歯科医師、そしてホームヘルパーと、入れ替わり立ち替わり医療や介護のスタッフが太田の自宅を訪れるようになった。さらに、福祉用具の貸与も受け、充実した在宅療養を受ける環境が整っていった。家族は、いつも笑顔で接してくれた。

同じALS患者の講演に鼓舞される

それでも16年が明けても、太田はなお塞ぎがちで、引きこもり状態にあった。ある日、ケアマネジャーたちが、半ば強引に太田を外へと連れ出した。その日は、日本ALS協会千葉県支部で、酒井ひとみの講演会があった。酒井は歯科衛生士として働いていた07年ごろにALSを発症したものの、「ALSはきっといつか治る病気」という強い意志を持ち、自宅で夫と2人の子どもたちと暮らしている。ALSへの理解を深めるための啓発活動にも熱心に取り組んでいた。

講演を聴いた太田は、大いに鼓舞された。酒井の前向きな言葉は、聴衆に希望を与えたが、誰よりも、生きる勇気を受け取ったのが太田だった。そこから、冷え切った心が少しずつほぐれ出した。

さらに背中を押したのは、訪問診療の主治医を介して、地元での講演の依頼を受けたことだ。

「医師であり、ＡＬＳ患者でもある太田先生だからこそ、話せることがあるはず」

その言葉を聞き、稲妻で体を貫かれたような衝撃が走った。病を得たからと言って、医師の資格が失われたわけではない。医師であることを放棄する必要はなかった。

16年10月、「八千代市民フォーラム」で、太田は初めての講演を行った。ＡＬＳ発症の苦しみや葛藤、将来の展望を率直に語り掛けた。発症前、訪問診療医として看取ってきた患者は２００人近くに上った。中にはＡＬＳ患者もおり、「心残りがない最期を迎えてください」と伝えた。

「自分も、医師であることを全うし、人の役に立ちたい」

講演をきっかけとして、取材や執筆の依頼も舞い込むようになった。唯一動かすことができた左の人差し指でスマートフォンの画面をタップして、懸命に胸の内を綴り、ＳＮＳでも発信し続けた。夏には、２年ぶりに東日本大震災の被災地である岩手県陸前高田市を訪れ、無償の医療相談に応じ、被災者の心のケアにも心を砕いた。車椅子での移動には仲間や家族の支えが必要だが、医師として役に立てる実感が深まった。

17年4月に「難病、障がい者の保健、医療または福祉の増進を図る活動、地域福祉の向上、地域社会の発展を目指すこと」を目的に、NPO法人「Smile and Hope」を立ち上げた。月2回までと決めた講演会の対象は、医療福祉事業者、看護師、ALS患者や家族、学生、一般市民と幅広い。患者・家族には生きる希望を得てもらい、それを支える輪を作りたいと思った。活動は地域にとどまらず、医学生時代を過ごした大分にも東北の被災地にも出かけた。

しかし、病は次から次へと太田ができることを奪っていった。まず、舌やのどの筋肉の力が弱まり、言葉を発しにくくなったが、自動音声合成装置を用いて活動を続けた。並行して、食物が飲み込みにくくなる嚥下障害も生じてきたため、17年8月、胃から直接栄養を摂取するための胃瘻《いろう》を造設した。さらに、呼吸の力も衰えてきたことから、生命の危険を回避するため、18年1月に気管切開手術を受けて人工呼吸器を導入した。

愛する家族に触れることもできず、食べることはおろか、匂いをかぐことすらできなくなった。コミュニケーションのためには、辛うじて随意運動ができる眼球を動かして、意思を伝え続ける。

「これでも私は人間と言えるのだろうか」

しかし、「残酷な病ではあるが、不幸ではない」と言い切れる。自宅では息子が走り周り、仲間たちが妻の料理を食べながら、楽しく会話をしているのを見聞きできる。

訪問介護事業所を立ち上げる

自分にしかできないことは、まだまだあった。1つは、新しいコミュニケーション方法の開発だ。ALS患者の意思伝達は、文字盤を用いる方法など、様々な方法が試みられているが、決定版がない。太田らが開発した「W《ダブル》アイクロストーク」は、介護者が患者の目の位置を読み取り、患者の瞬きによって確定するという会話法で、特別な文字盤を用いる必要がない。現在は、介護者が言葉に出して患者に確認しているが、患者がこの方法を身に付ければ、患者間だけでプライバシーを保ちながら会話をすることもできる。まずは地元での普及に取り組んでいる。

18年6月には、地域の消防署と自治会の協力の下に、特殊避難訓練を主催した。震災などが起こった状況を想定して、高層階にある自宅のベッドにいる太田を安全な場所まで運び出す訓練で、太田自ら監修してマニュアルを作成した。

被災地に赴いての支援も続けており、8月には南三陸町に出かけた。その直後に入院して喉頭を摘出する手術を受けた。喉頭は、いわゆる、のどぼとけにあり、取り込んだ空気を気管へ、飲食物は食道へと振り分けているほか、発声にも必要な器官である。すでに声を出すことは難しくなっていたため、喉頭を失うことに執着はなかった。手術後は、気管と食道が完全に分離され、食べ物の誤嚥《ごえん》の危険がなくなったことで、大好きな食べる楽しみを取り戻した。

人生の楽しみはまだある。映画『ブレス しあわせの呼吸』を鑑賞するため、銀座に出掛けた。ポリオ（小児麻痺）のため20代で人工呼吸器を装着した主人公への共感もさることながら、人工呼吸器を着けてでも街歩きをする楽しさは格別だった。小学生になった息子は、七夕の短冊に初めて、「パパの病気が治りますように」と書いた。

幸い、この1年余り病状の進行は止まっている。19年4月には、NPOで念願の訪問介護事業所「訪問介護かぼすケア」を立ち上げ、陣頭指揮を執っている。医師であり難病患者でもある太田ならではの思いを結実させた。

医療に特化した介護士の育成を目指し、常勤7人、非常勤5人の職員を抱え、地域で訪問介護・障害福祉サービスを展開している。患者・家族はもちろん、働く介護士が安全・安心に過ごせるよう、医師である太田と元訪問看護師がバックアップする。聴診器の使い方や、手動で送気し人工換気を行うアンビューバッグの装着方法などを、きめ細かく指導する。

スタッフのシフトを組み、全体のマネジメントをすることは、太田の生き甲斐となった。これまで蓄えた医学の知識もフルに活用できる。NPOでは、20年3月に居宅介護支援事業所を開く。秋には、訪問看護ステーションの開業も予定しており、医療と福祉を融合させたハイブリッド型訪問看護を目指す。さらに、被災者の心の復興にも取り組んでいる。介護保険の抱える問題など、制度を改善するための発言もしていくつもりだ。

「生きている限り、とことん人の役に立ち続ける」

人間の叡智はあらゆる困難を乗り越えてきた。太田は、ALSの治療法ができることを決して諦めていない。そこまで生き続けるのだ。自分のためではなく、医師として患者や家族のため、そして世界を勇気づけるため、命の火を燃やし続ける。

20年6月には、東京五輪の聖火ランナーとして宮城県を駆け抜ける太田の勇姿が見られるはずだ。

■病歴

2011年1月　右足にかすかな違和感を覚える。周囲からは右足を引きずっているように見えた。3月に東日本大震災が起こり、たびたび医療ボランティアに出向く。整形外科を受診し、ヘルニアや脊柱管狭窄症の所見が見つかったため、対症的に注射や服薬。日帰りでレーザーを照射して減圧する治療を受けたが、症状は軽減されず、むしろ悪化する。

13年　右足に加えて左の足にも力が入らなくなり、両手にトレッキング用のストックを用いて体を支える。

11月　階段の昇り降りもできなくなり、訪問診療から身を引く。

14年　神経内科にて、筋萎縮性側索硬化症（ALS）と診断。

15年12月　入院し、機能障害の進行を抑制する脳保護薬（ラジカット）の点滴治療を開始。

16年10月　太田は初めての講演を行う。

17年4月　NPO法人「Smile and Hope」を設立。

8月　胃から直接栄養を摂取するための胃瘻を造設。

18年1月　気管切開手術を受けて人工呼吸器を導入した。

8月　入院して喉頭を摘出し、気管と食道を完全に分離する手術を受ける。発声に必要な器官を失う代わりに、経口摂取が可能になる。

19年4月　NPOで訪問介護事業所「かぽすケア」を立ち上げ、管理者となる。

視力失われる中で精神科医になる決断

網膜色素変性症

福場将太
美唄すずらんクリニック(北海道美唄市)副院長
江別すずらん病院(北海道江別市)精神科医

「次の診察はいつにしましょうか」。患者に笑みを投げかけ、カレンダーを見上げた後、カチャカチャと手元のパソコンに診療記録を打ち込む。福場将太の診療スタイルは、精神科医になって以来ほとんど変わっていない。しかし、生まれつき抱えている目の難病、網膜色素変性症が進行したことで、光の明暗や眼前で動きがあることぐらいしか、目で見て確認することはできない。それでもスタッフに支えられて、診療の質を落とすことなく、患者のために自分を鼓舞する。

福場将太(ふくば・しょうた)1980年広島県生まれ。2005年東京医科大学医学部卒業。06年美唄希望ヶ丘病院着任。12年に法人名改称後は、美唄すずらんクリニック副院長、江別すずらん病院医局員として勤務。

撮影・塚﨑朝子

福場は1980年、かつて海軍の拠点があった広島県呉市に生まれた。親族に医師が多く、祖父は2人とも医師、父は歯科医で自宅で診療所を開業していた。

物心ついたころから、人より視野が狭いようだと感じていた。夜盲症《やもうしょう》もあり、明るい所では普通に物が見えるが、暗い所では見えにくかった。プラネタリウムや学芸会などで暗転すると、一気に見えにくくなった。そうした時だけ、教師や同級生に手を引いてもらった。母方の祖父も母も夜盲症で、母は夜になるとピッタリと父に寄り添っていた。

福場は、昼間であれば自転車に乗ることもでき、満ち足りた子ども時代を過ごした。学業の成績も良く、地元の進学校である広島大学附属中学に進学した。近視や乱視はあったが、病気を意識するほどではなかった。

身内の間には「医師を目指して当たり前」という雰囲気があり、抵抗感を覚えていた。だが結局、医師という仕事の使命感にひかれて、医学部を目指した。99年、現役で東京医科大学に合格し、上京して一人暮らしを始めた。同じ医学の道を志す気の置けない友人が増え、忙しい勉強の合間には音楽部でギターを奏で、柔道部にも所属し、充実した日々だった。

病院実習中に網膜色素変性症を指摘される

視力は徐々に低下し、0・3台になっていた。必要な時は眼鏡をかけたが、5年生になり病院実習が始まったころから、白い紙に黒で書かれた文字が見えにくくなってきていた。教科書もすらすら読めなくなった。眼科の臨床実習の日、指導医は福場の眼底を覗き込むと、「網膜色素変性症ではないの」と聞き慣れない病名を口にした。

福場は子どものころから、眼鏡の度数を調整するために定期的に眼科に通っていた。やはり夜盲症である母は、その病名を聞かされていたのかもしれなかった。祖父、母、自分……網膜色素変性症の約半数は遺伝とされる。眼科の教科書には「失明に至ることもある」と書かれていた。しかし、若い福場は、「全員が末期までいくとは限らない。多少進行しても日常生活は送れるだろう」と楽観的に考えていた。実際、祖父や母は普通に暮らしていた。

実習中の一言をきっかけに、改めて大学病院の眼科を受診し、「網膜色素変性症」の確定診断を下された。治療と言っても、紫外線を避け、ビタミンAのサプリメントを摂るぐらいが関の山で、確たる進行予防法はないと知った。視力は容赦なく下がり続け、抗うことができないのは歯がゆかった。最終学年になれば、卒業試験や医師国家試験（国試）のため猛勉強をしなくてはならない。焦りや不安に襲われ、やさぐれた気持ちになった。

「自分は本当に医師になるべきなのか。中途で失明してしまえば意味がない」

勉強に全く身が入らなくなった。参考書を開けば、見えにくさがいらだちを倍加させた。成績は急降下し、卒業試験はスレスレの点数でパスしたものの、国試には落ちた。モチベーションが下がっていた。

息子が遺伝病であることで、母が自らを責めるようなことがあってはならないと、親には視力低下が深刻なことを告げず東京に残った。これからの人生を見つめ直す時間が必要だった。医学部に現役で入り、留年することもなかったが、人生の浪人の時期となった。

日本網膜色素変性症協会の集会に行くなどして、病気の情報を集めてみた。好きな音楽や文筆にものめり込んだ。インターネットラジオのDJに挑戦したり、インディーズレーベルからCDを発売したり、とにかくいろいろな経験を増やそうとした。会いたい人と語らう時間もでき、久しぶりに会った医学部の先輩に言われた。

「休んでいても目が良くなるわけじゃない。今のうちにやった方が良いぞ」

その言葉に背中を押された。

2度目で国試に合格し北の大地で修業開始

音楽や小説は、まだ人助けができるレベルにはなっていない。そのころの福場の唯一の優位性といえば、6年間医学を学んだことだけだった。私大医学部の高い授業料を出してくれた親にも報いなくてはいけない。仲間たちに「業界の端っこにいるぞ」という連帯感も示したかった。国試まであと半年、受験勉強を再開した。知識の蓄積に加えて、マークシートをずれないように塗る練習も重ねた。2006年春、2回目の挑戦で突破し、晴れて医師免許を得た。

精神世界への興味もあり、精神科を目指すことにした。視覚障害があると外科系などは困難なための〝消去法〟でもあったが、好きで、かつやれそうな可能性がある診療科を極めたかった。

04年から、医師免許取得後に2年以上の新しい初期臨床研修が義務付けられ、研修病院で各科を回って幅広く学ぶことになっていた。しかし、制度変更直後で、障害を持つ福場への対応が追い付かず、自力で就職先を探すことになった。紹介会社から候補として挙げられた病院の中に、現在の勤務先の前身である北海道の美唄希望ヶ丘病院があった。進行性の眼疾患を患い、視力が低下しつつあることを承知した上で、精神科医としての修業も含めて福場を受け入れてくれるという。

かつて夕張と並び「石炭のまち」として栄えた美唄は、全炭鉱閉山後は人口減少が止まらず、高齢化も進んでいた。夏に面接のために訪ねると、炭鉱病院を継承した古い病院が、緑豊かな山に囲まれた小高い丘の上にあった。都会育ちの福場には新鮮な景色だった。病院の4階には広い体育館があった。

「つらいことがあっても、ここのステージでギターを弾けば元気になれそうだ。〝美しい唄〟という名前も、音楽好きの自分にふさわしい」

眼科の主治医は、「雪に太陽光が乱反射すると、網膜色素変性症を進行させる恐れがある」と忠告した。友人たちは、北海道の冬の過酷さについて警告を与えた。それでも福場は、自分を必要としてくれる場所を選んだ。

10月に着任すると、先輩医師やスタッフたちは福場を温かく迎え入れ、早く一人前の精神科医になれるようにと一から育ててくれた。道内から幅広く患者を受け入れている病院で、作業療法やデイケアなど社会復帰支援にも力を入れていた。医師は不足気味で、仕事が多かったことで鍛えられた。

4年目に入るころ、視力低下が進んだことで、カルテを書くことが難しくなってきた。精神科では患者の記録を含めて文章を書く機会が多い。自分で書けなければ医師は務まらない。福場はいよいよ引退を考え、思いつめていた。先輩やスタッフたちも、福場の不自由さと苦悩を見ていた。ある日、事務スタッフが、視覚障害を抱えながら働く精神科医がいることを教えてくれた。

その大里晃弘のホームページを開くと、福場と同じように医学生時代から眼疾患で視力が低下し、いったん医師への道を断念して鍼灸マッサージ師になったということだった。しかし、02年から点字で受験できるようになった国試に合格し、精神科医として勤務していた。福場はメールを書いて、会いたい旨を伝えた。医師を続けるヒントを得たいと必死だった。

しばらくして、福場は、大里が勤務する茨城県の精神科病院を訪ねた。大里は右眼の光覚がわずかに残る程度で全盲に近かったが、スタッフの支援により、精神科医としての仕事を全うしていた。カルテなどは手書きでなくても、パソコンの音声読み上げ機能を活用すれば、入力した文字を音で確認できると知った。

福場は、先輩医師に背中を押された。視力障害を抱える医師は他にもいた。08年に「視覚障害をもつ医療従事者の会（ゆいまーる）」を立ち上げた守田稔である。会には、大里も参与として名を連ねている。守田も精神科医であり、全盲の国試合格者第1号だ。

「自分は1人ではない。視覚障害を抱えながらも、全国で医療に携わる仲間たちがいる。美唄に戻れば、上司や同僚医師、スタッフたちがもり立ててくれる」

医師を続けていくための技術もある。福場は中高時代にパソコンのサークルに所属しており、ブラインドタッチをはじめキーボード操作はお手の物で、音声パソコンもすぐに習熟した。勤務先には電子カルテが導入されていなかったが、福場が診療録や処方を入力すると、看護師が印刷してカルテに貼ってくれる。

福場が新たな活路を見出しつつあったころ、病院は変革の波にさらされていた。06年に新米の福場を採用し、育ててくれた前理事長から代替わりした後、さらなる医師不足にも見舞われていた。事態打開のために09年に3代目の理事長を迎え、築40年以上と老朽化した病院の新築・移転を模索していたのだ。何人もの同僚が病院を去ったが、福場は九州から招かれた新理事長の伊藤正敏に協力を乞われ、共に病院の再興を目指すことにした。12年4月、新たな医療法人風のすずらん会の下、美唄から移転した江別すずらん病院（江別市）が開設された。

傾聴力を強みに集団療法に関わる

念願の新病院で、新たな環境に新たな職員、さらには新規の通院・入院患者が増えて、しばらくは息つく暇もないほどの忙しさだった。それでも、活気にあふれた新病院で、引き続き、自分が必要とされていることはうれしかった。

網膜色素変性症の進行には、個人差がある。福場の母や祖父の症状は夜盲症止まりだったが、福場の視力は徐々に失われていった。しかし、それも前向きに捉えた。

「ある日突然事故などで全盲になってしまうのに比べれば、慣れていく時間を稼げたこと、病気と向き合い対策を講じる時間ができたことは、ありがたい」

視力低下に伴ってできないことが増えたが、それを克服する術も身に付けていった。その過程には恐怖や葛藤があったが、辛うじて光の明暗を認識できるだけとなって、ようやく諦めの境地に達したともいえる。この5~6年は、病状に変化はない。

美唄の拠点として残ったクリニックの副院長となり、美唄で週4日、江別の本院で週2日診療を担当する。てんかんなどは画像や脳波を読み込んで診断しなくてはならないが、それらを除き、統合失調症、うつ病、依存症、認知症など、幅広く全ての精神疾患に向き合う。炭鉱閉鎖後の美唄には主たる産業もなく、喪失感を抱えた高齢者も少なくない。

福場が最も得意としているのが、傾聴だ。また、近年は依存症などの治療として、薬物療法以外にグループワークなどの集団療法も注目されている。すずらん病院でも、患者やスタッフが車座になって様々なミーティングを開催しており、福場は誰よりも主体的にそこに関わっている。アルコール依存症患者の断酒会、社会復帰を目指した就労支援のための勉強会などでも、積極的に耳を傾け助言する。

外来や入院の患者への対応もあるが、検査値などは看護師が読み上げてくれるため、支障はない。10年来の患者もおり、福場の視力低下に気付いている患者もいれば、気が付かない患者もいて、それもまた診断のポイントになる。

「自分の苦しみを他人に分かってもらえないと嘆く患者は多い。そこで『僕は目が見えないことに気付いている?』と問いかけると、少なからず衝撃を受ける」

自分だけが理解されないと考える患者の認知の歪みが改善され、自ら分かってもらう努力をしなくてはならないという行動変容がもたらされるのだ。

福場は、患者から指摘されれば、微笑みながら包み隠さず目のことを話すようになった。失明を理由に去っていった患者はいないが、福場に障害があることを知り、あえて診察を望む患者もいる。

「五体満足な医師より、説得力があると感じるのではないか」

講演をきっかけに積極的な情報発信

もちろん、診察している患者の顔色の変化や表情は分かった方がいい。しかし、福場は、視覚情報がない分、聴覚情報に集中できることを利点だと感じている。

「顔色はごまかせても声色をごまかせる人は少ない。声やスピードのちょっとした変化に気が付く。視覚情報に勝るかどうかは分からないが、声は拠り所となる」

もはや全盲といえる状態になって、福場はこの1年余り、積極的に自分のことを発信するようになった。きっかけは18年秋、大学の先輩から、「視力を失って絶望の縁にいる患者に、当事者として病気の付き合い方を話してほしい」と依頼されたことだ。病気を恨めしく情けないと考えていたころの自分であれば、頑なに断ったはずだが、開き直って快諾した。そして、聴衆を笑わせながら勇気付けたことで、誰よりも自分自身が吹っ切れた。

趣味の音楽は、福場の精神的な支えとなっている。

「音楽がなければ、荒くれていた。落ち込んでも、ギターをかき鳴らして歌っている時は、視覚障害を全く意識せずに済む」

これを診療にも生かしたい。デイケアにはカラオケを取り入れているが、さらに踏み込んで、患者1人ひとりにオーダーメイドのテーマソングを作り、元気付けたいと考えている。音楽や文筆などの創作活動を発表するホームページも立ち上げた。

視力喪失により閉ざされる気がした世界は、むしろ広がっていった。地元の看護学校で教壇に立ち、札幌のクリニックにも応援に出かける。視覚障害者用の白杖をマスターすれば、もっと行動範囲が拡大するはずだ。

東京に比べてゆったりと流れる時の中で、支援の輪もある。かつての同僚が友人として買い物など日常生活を支え、家主も惜しまず援助してくれることで、1人暮らしを続けていられる。

医学部の同級生、三宅琢も後押しをする。三宅は眼科医で、産業医活動や視覚障害者の支援をしている。神戸アイセンター2階にあるロービジョンケア（視覚障害への支援）のための施設、ビジョンパークを運営する公益社団法人ネクストビジョンの理事も務める。

アイセンターは、理化学研究所にいた高橋政代が率いるiPS細胞（人工多能性幹細胞）を移植する再生医療の開発と視覚障害者のケアを柱としている。福場は神戸でも講演をし、自分と同じように視覚障害を抱える人に対して心理面から助言をするために理事に加わった。

医学は、日進月歩で進歩している。ネクストビジョンと同居している神戸市立神戸アイセンター病院では、網膜色素変性症にiPS細胞から、視細胞のもとになる細胞を作製し、移植する治療法の研究開発も進めている。それは、福場にとって〝楽しみな予定〟を与えてくれる朗報であり、研究が具体的になってきたら、被験者として協力したいと考えている。

「いつかまた見える予定で、好きな本や思い出の写真は捨てずに持っている」

一方で、このまま目が見えないままであっても、悔いのない人生を全うしたいと強く願っている。

「できることしかできない医師になったが、平凡な僕に、個性と武器が加わった」

すずらんのように北の大地にしっかりと根を張り、福場はたくましさを増している。

■病歴

1980年　広島県に生まれる。物心ついたころから、人より視野が狭いようだと感じていた。夜盲症もあり、暗い所では見えにくかった。

2003年　視力が徐々に低下し、0.3台に。東京医科大学５年時の病院実習で、眼科医から「網膜色素変性症」の可能性を指摘され、大学病院で確定診断を受ける。視力は、下がり続けた。

05年　医師国家試験に落ち、浪人。

06年　二度目の受験で国試に受かり、精神科医の修業を開始する。

09年　視力低下が進み、カルテを書くことが困難になる。

14年〜現在　明暗や眼前で動きがあることぐらいしか、目で見て確認することができなくなる。

40代でキャリア一変する難病に

パーキンソン病

橋爪鈴男　社会福祉法人桑の実会　くわのみクリニック（埼玉県所沢市）院長

大学病院の皮膚科医だった橋爪鈴男が、40代を目前とした脂の乗った時期にパーキンソン病を発症して四半世紀が経った。いまだ確たる治療法のない神経難病は緩やかに進行し活動の自由が奪われる中で、再び患者と向き合うことに生き甲斐を見出し、自らを奮い立たせている。約1000人に1人がなるという難病でも、「自分がこの病気になったお蔭で、999人がならなくて済んだ。それだけでも生きている価値があったかもしれない」と思える。

橋爪鈴男（はしづめ・すずお）1953年神奈川県生まれ。聖マリアンナ医科大学医学部卒業。同学部皮膚科助教授、2007年社会福祉法人桑の実会入職。介護老人保健施設施設長・管理医師を経て、08年くわのみクリニック院長。

撮影・森浩司

1992年、30代最後の年、母校・聖マリアンナ医科大学皮膚科学講師で主任医長となっていた橋爪は、臨床、研究、さらに教育にと、医師として充実した時を過ごしていた。悪性黒色腫や有棘《ゆうきょく》細胞がんといった皮膚の悪性腫瘍の研究を、専門に据えて研究していた。

「緊張しているのかな」

ある日の実験の最中に、ピペットを握っている右手がカタカタと小刻みに震えているのを感じた。一瞬気にとめたが、多忙に紛れて十分に顧みることもなく、それから3年が経過していった。

95年になり、はっきりした異変を自覚したのは、カルテを書いている時だった。書き進めるにつれ、文章は段々と右下がりになり、字は小さくなっていた。当時のカルテは手書きで、薬の処方箋はカーボン紙で複写するものだった。昔から橋爪は筆圧が強い方で、紙に穴を開けてしまうこともあった。しかし、どうも力が入らなくなり、カーボン紙の下の文字はかすれていた。

右手と右足に激しい倦怠感を覚えるようになってきていた。無意識のうちに、右足を引きずって歩いていたようだ。さらに追い討ちをかけたのは、看護師の一言だった。

「先生、おじいさんが歩いているみたい」

医師として脂が乗った最中に発症

勤務する病院の神経内科を受診すると、医師は迷うことなく病名を告げた。

「典型的なパーキンソン病ですね」

パーキンソン病は、神経変性疾患ではアルツハイマー病に次いで患者数が多く、医師であれば、おなじみの病気だった。

実は、3年前の橋爪は一瞬その病名を思い浮かべていたが、言下に否定していた。「動作時の振戦《しんせん》（震え）だから、パーキンソン病ではないだろう」というのも、この病気の典型的な初期症状は、片側の手足に起こる安静時の振戦だと言われているためだった。

その時に震えの正体が分かっていれば、早期治療につなげられていたかもしれない。早期のパーキンソン病を診断できるＭＩＢＧ心筋シンチグラフィーという検査があり、心筋に分布する交感神経の状態を調べたり、運動機能などを司るドーパミン神経系の脱落の有無を評価したりすることで、初期の異常を見逃さないと言われる。一方、ＣＴやＭＲＩといった画像検査は、脳梗塞など生命に直結する疾患の可能性を除外するための検査に過ぎず、これらだけで初期のパーキンソン病の診断を下すのは難しかった。

診断がついた後も、橋爪は「薬を飲めば、症状は出ないのだろう」と、そう深刻に捉えていなかった。パーキンソン病患者の脳内では、神経伝達物質のドーパミンが不足している。それを補う目的でメネシットやペルマックスといった薬を飲み始めた。主治医から「仕事量は8割ぐらいに制限するように」と言われた。しかし、橋爪は96年に助教授に昇進したことで多忙さに拍車がかかっており、仕事のペースダウンはなかなかできなかった。

聞きわけのいい患者になれないどころか、勝手に薬を増量してしのいでいた。このため、薬の持続期間が短くなり、ウェアリング・オフと言われる症状が顕著に現れてきた。症状が良い状態（オン状態）と、効き目が弱くなって症状が現れる状態（オフ状態）を1日に何度も繰り返すようになっていた。オン状態では自立した生活ができるが、オフ状態になると手足を動かすことすらできなかった。

さらに、薬の副作用によって、幻覚や幻聴に見舞われるようになった。真冬であるにもかかわらず、ゴキブリがうごめくのが見えた。見知らぬ人が「謝れ、謝れ」と叫んでいるのが聞こえた。甘ったるいにおいがするような幻臭も出現した。さらに、CTのような装置に載せられて、足の先から頭までを輪切りにされるような、途方もない不思議な感覚に襲われた。ついには、あらぬ妄想が出始めて家族を疑うなど、深刻さは増していき、運動症状も薬では抑え切れなくなっていた。

時に入院しながら外来で治療を受けながら、大学病院の本院と他の付属病院での勤務を続けた。しかし、確定診断から9年間経つころには、さすがに「退職」という文字が頭をよぎるようになった。

地を這うような生活に自殺を思う

橋爪の父方の祖父は医者だった。父は旧制の第一高等学校の出身だったが、在学中に結核を患って医師の道を断念し、東京帝国大学農学部を出て大蔵省専売局（後の日本専売公社）に勤めた。医師になる夢は息子に託された。父は結核で苦労したため、医療に強い不信感を抱き、その反動からか基礎医学への思い入れが強かった。高校時代の橋爪は、遺伝子の研究者になりたいと考え、医師になることへの関心は薄かった。しかし、父から「研究をするにも、医学部に進む方が発展性がある」と勧められたこともあり1年浪人し、73年に開学3年目の新設医大であった聖マリアンナ医科大に入学した。

橋爪がパーキンソン病を発症したころには父は他界していたため、ある意味で、父を悲しませずに済んだ。

橋爪は、「退職すれば、築いてきたものが全て崩壊する」と思いつめていた。しかし、もはや、大学病院の助教授という重責に耐えられないほど、症状が進行していた。仕事を続けることが無理なのは明らかで、2004年に退職を決意した。満足に手足を動かすこともできない不自由な体や、うらぶれた姿を見られたくないと、職場の片付けをするのにも日曜にコソコソと出かけた。

職を失ってからは、母の家に移り住んだ。当時80代だった母は日本画家で、父亡き後は1人暮らしをしながら、忙しく創作に打ち込んでいた。居候をさせてもらう代わりに、食事の支度や家事を手伝った。

やがて、橋爪は車椅子での生活を余儀なくされ、夜中にベッドから出てトイレに行くにも、両手を使って這いずりながら前進するよりなくなった。手にも力が入らなくなると体を転がして移動し、トイレの前で寝込んでしまったこともある。地を這うような生活が1年半も過ぎるころには、無力さに打ちのめされていた。

「生きる価値のない人間だという思いが日増しに募り、死にたいと願うようになった」

外出したり、医学に接したりする機会はなくなっていたが、2カ月に1回の神経内科の外来だけは続けて受診していた。主治医は、内服薬だけで症状を改善するのは限界だと考え、外科治療を勧めた。脳深部刺激療法（DBS）と呼ばれる治療で、その手術を実際に行っている東京都立府中病院（現・東京都立多摩総合医療センター）を紹介された。これは、心臓のペースメーカーに似た仕組みで、脳内に挿入した電極の先端が、強度を調整しながら電気刺激を与えることにより、神経核の細胞活動の抑制が期待できる。

39歳でパーキンソン病の初期兆候を認めてから、12年が経過していた。橋爪はDBSの効果について半信半疑だったが、異を唱えることはしなかった。ただし先立つ問題があり、悩ましい幻覚症状が、パーキンソン病そのものから生じているのか、大量の服薬によるものかを見極める必要があった。薬の過剰摂取が原因であれば、手術によって減薬につなげられる可能性もある。そこで、内服薬を減量してみると、量に応じて動きが緩慢になった。薬を完全にやめると、寝返りもできないほどに運動機能は低下してしまったが、幻覚症状は消失した。手術をすれば薬を減らせると考えて、04年にDBSの手術を受けたところ、立ち上がって二足で歩き出す力が戻ってきた。車椅子が不要になり、歩いて外出ができるようになった。

素直にうれしいと感じ、頑なに凍っていた心も少し溶けかけてきた。ただし、医師の仕事に復帰する日が来るとは夢にも思えなかった。発症前の健康体に戻ったわけではなく、かつて大学の助教授だったような第一線の皮膚科医に復帰することはあり得ない。いったん見失った目標や仕事を取り戻すことはできないだろう。

人生設計を立て直そうと思うまでには、気分は上向いてはこなかった。医師免許は国家資格で、一生ものである。自分が医師であることに変わりはなかったが、日本皮膚科学会の専門医資格は、もう必要がないと失効させてしまった。学会の年会費や5年に1度の専門医更新の費用を払い続けるのは経済的に負担になっていた。

患者会を立ち上げて代表世話人に

それでも、自分の経験を生かす道は残っていた。パーキンソン病の患者会を立ち上げて、代表世話人となった。名称のＨＯＰＥは、「最新治療に関心のあるパーキンソン病患者と不随意運動症患者と家族の会」の英語名の略称である。日本に16万人以上の患者がいるとされるパーキンソン病には、いくつも患者会がある。その中でＨＯＰＥの特徴は、ＤＢＳを受けた人とその家族、あるいはＤＢＳをこれから受けようとする患者と家族を中心にした会であることだ。

年に1〜2回、治療や闘病に関する講演会を東京、京都、名古屋で開催し、会報も発行した。橋爪自身も壇上に上がって、DBSを受けてある程度まで運動機能を取り戻した経験を語り、やり甲斐を見出していた。現在は、活動を休止している。

医師が健康体では、病の人の思いを汲み取るには限界がある。パーキンソン病を専門とする神経内科医でも、患者の心の内面までは理解しにくい。講演後、橋爪に向かって、「自分の主治医になってほしい」と申し出てくる患者さえいた。

07年初めのこと、「桑原哲也」と名乗る人物から連絡があった。社会福祉法人桑の実会の理事長を務めており、数年前に面識があったことは覚えていた。橋爪の連絡先を探り出し、電話越しに「折入って頼みごとがある」と切り出してきた。

「こんな自分に何を」といぶかしく思ったが、聞けば、経営する介護老人保健施設（老健）の施設長兼管理医師が急に退職してしまって困っており、後任として、ぜひ橋爪を招き入れたいという。

大学病院を退職したことは、自分にとって医師を辞めたに等しかった。それから5年のブランクがあり、再び医師として、それも専門外の内科の仕事ができるとは思えず、むしろ戸惑う気持ちが大きかった。手足の震えは軽くなり、移動はしやすくなった。しかし、構音障害は残っており、発声に力が入らず、正しい発音で明瞭な発語ができないため、会話してもすぐに言葉を返しづらい。

2月の凍えるような日、待ち合わせをしたファミリーレストランに向かった。天気の悪い日は体調も悪いため、足を引きずりながら、とぼとぼと頼りなげな足取りだった。熟考を重ねた末、答えは決まっていた。「健康でない人たちを、〝不健康〟な自分が診るのは失礼ですから、とてもできません」――そう返事をするつもりだった。

老健施設長からクリニック院長へ

ドアを開けた橋爪に、「お久しぶりです」と手が差し伸べられた。その手と同様に語り口も温かだった。よくよく聞けば、かつて大学病院の皮膚科に入院して、橋爪が主治医として担当していた患者であった。今も外来で治療を続けているという。

「私も皮膚の難病を持っています。一緒に頑張りましょうよ」。同世代の理事長の言葉に、頑なだった心が氷解していった。申し出をありがたく受け入れることにした。施設に住み込めば、通勤に伴う不自由さが生じることはない。自分も障害を抱えた身であり、入居者たちの気持ちは多少なりとも分かるはずだ。

こうして07年、53歳になっていた橋爪は、埼玉県所沢市の老健で第2のキャリアをスタートさせた。入居者は高齢で、骨折や脳卒中などの障害を負った人が多い。急に体調を崩した時などは、橋爪が対応しなくてはならなかった。夜中に薬の作用が切れていると歩きにくいことがあるが、何とか医師として的確な指示を出せた。

医療とはひと味違った福祉の世界ではあったが、医師の仕事に復帰できたことで、自信を取り戻しつつあった。やがて、入居者たちに「どんなに小さくても良いから、もう1回人生の花を咲かせてください」と声をかけて回るほど、前向きになっていた。

そして1年半後、さらなる転機が訪れた。法人が開設する所沢市内の通所リハビリテーション施設にクリニックが併設され、橋爪は院長となって皮膚科の診療を受け持つことになった。市内には、障害者や高齢者向けの入居施設が多い。一方、クリニックがある地区には皮膚科が不足しており、地域のニーズを受け止めた形だ。

橋爪はクリニックの2階に住み込んで、週5回の外来を担当し、毎日30人以上の患者を診た。発声に難があるため、聞き取りにくい声を看護師が〝通訳〟してくれることもあった。専門医資格は返上してしまっていたが、皮膚科医として十分な実力を発揮できた。

しかし、パーキンソン病の病状は、容赦なく進行していった。DBSは根治手術ではなく対症的な治療であり、治療を受けても、病気の進行が緩やかになる程度である。12年からは再び車椅子を必要とするようになり、発語もますます不明瞭になっていった。

胸部皮下に埋め込んだ電池を16年に入れ替えた際には、それに伴う感染症に罹った。夏には大腸が閉塞するS状結腸軸捻転《じくねんてん》（イレウス）を起こし、その手術などで3カ月の入院生活を余儀なくされた。その後、9月に職場復帰した。20年の今も週に3回は外来に出て、合わせて100人以上の患者を診ている。診察室では、白衣の代わりに、鮮やかな色のポロシャツを仕事着として身に着ける。オレンジやピンクなどは、時として沈みがちな自分の心を奮い立たせるのに有用だ。

診療回数を減らして空いた時間には、地区の医師会誌などに投稿するためのエッセイを書く。毎日、歩行器を使い、歩くための訓練も怠らない。パーキンソン病が進行すると、階段の昇り降りよりも、横の移動が難しくなる。構音障害は悪化しており、もどかしいことばかりだが、不満を言えば切りがない。

「理事長やスタッフはもちろん、患者さんにも自分の病気を理解してもらっている。本当に良い人たちに恵まれて、診療を続けられている」

2人の娘は医師にはならなかったが、1人は保育士に、1人は障害者施設で働き、人を支えることを仕事としている。

振り返ってみると、医師になるまでに25年、大学病院勤務中にパーキンソン病を得て手術を受けるまでに25年、その後、失意の底から復活の道を歩み始めての日々で、66歳になった。

学生時代から40歳手前までは、順風満帆《じゅんぷうまんぱん》の生活だった。大学助教授という社会的地位に安閑《あんかん》としていた橋爪にとって、難病は晴天の霹靂《へきれき》だった。山の上から谷底に落とされ、再びゆっくりではあるが、登りに転じることができた。

「再びの登り道は、足をすくわれるような容易でない道ではあるが、困難を抱える自分を折々で支えてくれた人々に感謝する意味でも、頑張って登り続けなくてはならない」

■病歴

1992年　実験の最中に、ピペットを握っている右手がカタカタと小刻みに震えた。

1995年　カルテを書くのに手に力が入らず、段々と右下がりになり、字は小さく、かすれていった。右手と右足に激しい倦怠感を覚え、無意識のうちに右足を引きずって歩いていた。大学病院でパーキンソン病と診断され、メネシットやペルマックスの服薬を開始。ウェアリング・オフ症状に悩まされ、薬の副作用によって、幻覚や幻聴が出現する。

2004年　大学病院を退職。母の元へ身を寄せる。症状が進行し、車椅子の生活に。脳深部刺激療法（DBS）でペースメーカー様の装置を頭の中に埋め込む治療を受ける。2足歩行で車椅子が不要になり、歩いて外出ができるように。パーキンソン病の患者会、HOPEを立ち上げ、代表世話人になる。

07年4月　介護老人保健施設の施設長兼管理医師となる。

08年10月　くわのみクリニック（皮膚科）開設と共に院長に就任。

12年　症状の進行に伴い、車椅子生活に戻る。

16年　胸部皮下の電池の入れ替えに伴う感染症に罹る。夏に、大腸が閉塞するS状結腸軸捻転を起こし手術などで３カ月の入院。９月に職場復帰。週に２～３回は外来に出て、100人以上の患者を診ている。

第4章　命をつないでくれた人のために

兄が提供してくれた肝臓が命をつなぐ

B型肝炎から肝がんに

佐藤久志
福島県立医科大学医学部
放射線腫瘍学講座講師

「ごめん。俺、がんになった……」。放射線科医になって15年目の春、佐藤久志は、自分のCT画像で肝がんを発見したことを、妻に伝えた。スポーツマンで楽天的、日ごろは感情が表に出るタイプではないが、その時ばかりは、堰《せき》を切ったように嗚咽が止まらなかった。絶望の淵から救ってくれたのは、実の兄が肝臓の一部の提供を申し出てくれ、生体肝移植でつないだ命のリレーだった。「50歳まで生きたい」を目標に据えて、移植後、充実した10年を生き抜いてきた。

撮影・塚﨑朝子

佐藤久志（さとう・ひさし）1968年福島県生まれ。93年福島県立医科大学医学部卒業。同放射線腫瘍学講座助教を経て、2019年講師。同放射線災害医療センター・災害医療部・先端臨床研究センター兼務。

1968年、佐藤は福島県飯野町（現・福島市）に生まれ、3歳年上の兄、3歳年下の弟と共に腕白な子ども時代を過ごした。文武両道であり、進学校の県立福島高校に進学したのを機に、初めて献血した。数週間後に届いた通知には、「HBs抗原検査が陽性であり、献血はできない」旨が記されていた。B型肝炎ウイルス（HBV）を体内に保有している〝キャリア〟であることを意味するものだ。ただし、自覚症状は全くはなく、肝機能も正常だったこともあり、深く気にとめることはなかった。

医学部5年生で急性肝炎を発症

兄弟は、父から1回だけ地元の大学を受験する機会を与えられ、佐藤は福島大学理学部と福島県立医科大学に合格した。父方の祖母は助産師で、自身も自宅で取り上げてもらった。出産にまつわる話を聞かされたこともあり、医療に関心があり、医大に進むことを選択した。

大学では、中学生のころから続けている柔道に打ち込み、学生会長を務めた。92年、5年生になった5月のある日、部活動を終え、食事をして帰宅後、猛烈な吐き気に襲われた。食中毒ではないかと思ったが、翌朝になっても体調は改善しなかった。鉛を背負ったように重い体を引きずって授業に出たが、眠気に襲われ、帰宅後も泥のように眠りこけた。

翌朝も倦怠感を抱えながら病院実習に参加した。その日の患者は進行膵がんで、胆管が圧迫されて閉塞性黄疸《へいそくせいおうだん》の症状が出ていた。病状を解説した医師は、振り向きざま、佐藤に目をとめた。

「君も黄疸じゃないか。すぐ外来に来なさい」

病院で採血すると、肝機能を示すGOT（AST）、GPT（ALT）が基準値をはるかに超えた4桁台に跳ね上がっており、急性のB型肝炎と診断された。劇症化の恐れもあり入院治療が必要だったが、大学病院に空きベッドがなく、実家近くの民間病院に緊急入院した。身の置き所がないほどのだるさから次第に解放され、徐々に肝機能の数値も正常化して、2カ月で退院となった。混合病棟で共に過ごした患者たちは、佐藤が医学生であることを知らなかった。

「ざっくばらんに闘病について話せたことは、医師になってからも、大きなプラスになった」

HBVは、出生時に母から母子感染したものだと考えられた。ずっと無症候だったが、発達した免疫系がウイルスを排除しようと肝臓を攻撃し出したために、急性肝炎を発症したのだ。急性症状は治まったが、慢性肝炎を抱えて生きていくことになった。

佐藤の発病をきっかけに、兄弟もＨＢＶ感染の有無を調べると、弟もキャリアだった。兄は幼少時に急性肝炎を発症しており、治癒を示すＨＢｓ抗体が陽性だった。子どもたちの感染の事実を知らされ、最も落ち込んだのは母だった。しかし、佐藤は生まれを呪う気はさらさらなかった。当時の医学知識からすれば、肝炎の母子感染を防ぐことは不可能だった。

長期入院を挟みはしたが、大学の配慮もあって何とか単位を落とすこともなく、大学生活に戻ることができた。当時、Ｂ型慢性肝炎の治療はインターフェロン投与が中心だった。退院後1年ほど続けてみたが、発熱などの副作用が強い割には、ウイルス量は減少していなかった。腹部に針を刺して肝臓の組織の一部を採取する検査（肝生検）を受けると、肝硬変が進みつつあると分かったが、インターフェロン治療には見切りをつけた。

93年、医学部卒業の年を迎えた。医師免許取得後に2年以上の初期臨床研修を必修化する制度ができる前の世代であり、卒業時に専門を決めなくてはならなかった。スポーツに親しんでいたことで整形外科に関心があり、外科系の医師になりたいという漠然とした希望があった。しかし、主治医から、患者を深夜までフォローしなくてはならない診療科は負担が大き過ぎると助言された。内科、外科のメジャーな科目ではなく、マイナーな科目を探った。

一時は精神科に進むことを考え、6年生の夏に精神科病院で研修してみたが、自分も将来精神疾患を発病してしまうのではないかと思うほど打ちのめされ、性に合わないと早々に断念した。消去法の末に残ったのが、放射線科だった。

同学年ではただ1人、放射線科では5年ぶりの新入りの医局員ということで歓待を受けた。そのころの大学病院は、放射線の診断部門と治療部門が一緒になっており、放射線画像の読影、放射線治療の病棟管理など、予想以上に仕事は多かった。

今でこそ、切らずにがんを治すと脚光を浴びている放射線治療は、当時は放射線科の中でもマイナーな存在だったが、佐藤は熱心に学んだ。夜間の当直勤務も始まり、新生活のストレスもあったのか、夏ごろに肝機能の数値が悪化してしまい、今度は大学病院に数週間入院した。

入局2年目は、会津地方の病院に出向した。治療と診断の業務をこなしても夜7時には帰宅できていた。しかし、11月に病院内の勢力争いから、医師が一気に19人退職する事態となり、翌日から呼吸器の患者40人を担当するよう命じられた。次の医師が着任するまでのつなぎだとされていたが、4カ月経つころには体重は16キロも落ち、肝機能の数値も著しく悪化していた。

さすがに体力の限界だった。内科で勤務しないかと誘ってくれる友人もいた。辞職を覚悟して、大学の放射線科に直訴しに行くと、事態の深刻さを見てとった教授は、すぐに佐藤を大学に呼び戻した。そのまま、また3カ月の入院となり、インターフェロン治療も再開した。

それから10年余りは、症状は落ち着きを見せ、縁あって結婚もした。慢性肝炎の持病がありながらも、医局に出入りしていた保険会社の外交員の勧誘に乗り、医療保険に加入することもできた。

自ら肝がんを発見し妻に告白

平穏な暮らしが一転したのは08年5月、大型連休の合間だった。手伝いに行っていた白河厚生総合病院(福島県白河市)が移転新築するに際して、放射線診断機器も総入れ替えとなり、佐藤はそのチェックを任された。データがうまく流れるかを確認するには、実際に撮像してみるのが手っ取り早い。技師たちに頼んでみたが、被曝《ひばく》したくないと誰も首を縦に振らなかった。であればと、自分がボランティアとなって新しいCTの検査台に載った。

データの流れには問題はなかったが、自分の画像を覗いた佐藤は衝撃を受けた。肝臓に直径4センチほどの灰色の陰影があった。専門家であれば見まがうことのないがんの病変だった。激しく狼狽したまま車のハンドルを握り、どこをどう通って帰宅したかも定かでないほどだった。

そのまま連休後半に突入した。子どもたちを連れた家族旅行は、最後の旅行になるかもしれないと思いつつも、何ごともなかったように過ごした。そして連休最終日の朝、意を決して妻に告白したのだった。保健師だった妻は、「まず病院へ行って今の状態を把握してから考えましょう」と、号泣する佐藤を冷静になだめた。

妻の勧めに従って大学病院で精密検査を受けると、腫瘍は大小3つもあった。小学生だった娘の運動会を家族で観戦しながら、「来年もここにいられるだろうか」という思いがよぎった。

肝がんは、母子感染したB型肝炎ウイルスから発生したもので、肝硬変も進んでいた。外科の主治医は、肝移植の可能性を示唆した。肝移植を受けるには、移植後の生存率などを考慮して、腫瘍の直径が3センチ以下で3個までという「ミラノ基準」を満たしている必要がある。そこで、腫瘍の縮小を目的として、抗がん剤の動注療法をスタートした。右の大腿部（太もも）の付け根から肝動脈まで達するカテーテル（細いチューブ）を入れ、直接薬を送り込むものだ。この治療の効果によりミラノ基準を満たすようになれば、移植手術に持ち込める可能性が出てくる。

移植を示されると、新たな悩みに直面した。日本では死後の臓器提供者が少なく、現実的な選択肢となるのは生体肝移植である。日本移植学会の倫理指針では、ドナーとして認められるのは個別に承認を受けない限りは親族だけだ。3歳年上の兄も3歳年下の弟もB型肝炎ウイルスに感染していたが、共に完治していた。

実家に出向いて兄と向き合い、自分の病状と移植の道があることを率直に伝えた。肝臓は切除しても再生能力が高いことが知られている。しかし、ドナーは健康な体にメスを入れることになり、頻度が低いとはいえ、術後の合併症を伴うリスクもある。教員である兄は40代の働き盛りで、家庭もあることから即答を避けた。数日後連絡が来た。「お前に肝臓を分けてやるよ」。さらに、警察官である弟も、兄が不適合だった場合の肝臓提供を申し出てくれた。感謝でいっぱいだった。

もう1つ難題があった。生体肝移植を保険診療で受けるためには、肝不全の診断が必要だった。だが佐藤はまだ肝不全にまで至っておらず、1500万円ともされる手術費用を全額自費で賄う必要があった。ここにも幸運が働いた。40歳前に外交員に勧められるまま切り替えていた医療保険は、がん診断時に一時金で1000万円が払われる。これが移植の決断を後押しした。

ドナーとなる兄には、全身のチェックに加えて、精神科も受診して、臓器提供が強制されたものではなく自発的なものであることを確認する手続きもあった。5月にがんと診断され、移植手術は8月と決まった。兄は肝臓に中性脂肪がたまった脂肪肝を解消するため摂生に努めてくれた。もちろん佐藤自身もそうで、20代にストレスから吸い始めたたばこもスッパリやめた。

主治医からは、生体肝移植の症例数が多い京都大や金沢大での手術も打診されたが、福島医大でも30例以上の実績があると聞き、迷いはなかった。手術3日前まで働き、勤務先でもある病院に入院した。

「生体肝移植には死亡リスクが10%あるが、やるからには90%を信じてやるしかない」

あきらめたころに光が見える

手術後はICU（集中治療室）に移された。麻酔が切れて意識を回復すると、天井にアリが群がっているような幻視に見舞われた。鼻から挿入された経鼻経管栄養のチューブを勘違いして自分で抜いてしまう、全身にチューブを張り巡らされたまま立たせてくれと怒る……。蕁麻疹《じんましん》も現れたため、同級生の皮膚科医が診察に来てくれた。実は、彼女は造血《ぞうけつ》幹《かん》細胞（骨髄）移植の経験者だった。苦しむ佐藤を前にニコッと笑い、「多分もっときついことが起きるけど、あきらめたころ、光が見えるから」と言い残して行った。以来、その言葉にずっと助けられてきた。

一般病棟に移って初めて飲んだコーヒーの味は格別だった。やがて肝臓から胆汁《たんじゅう》も流れてきたが、猛烈な腹痛に襲われ、拒絶反応を心配した。肝生検をすると、肝臓は生着していたものの、手術で切除した部位から胆汁が漏れ出て、腹膜炎を起こしていると分かった。腹部に針を刺してチューブを入れて漏れた胆汁を抜くドレナージにより、腹の痛みは消え、日に日に回復していった。

兄は早々に退院し、約1カ月の自宅療養で仕事に復帰していた。佐藤は3カ月ほど入院し、翌09年初めから仕事に戻った。復帰直後は半日の勤務もきつかったが、慣らし運転をしながら徐々にフルタイム勤務もこなせるようになった。

手術から3年目の11年3月11日、未曾有の東日本大震災が起こった。体調はまだ本調子とは言えなかったが、福島第一原子力発電所の事故が明らかになると、放射線の専門家として「緊急被ばく医療チーム」に加わった。2週間ほど病院に寝泊まりし、激務をこなしたことは、回復の自信につながった。

そして、最初の目標だった移植後5年が過ぎた。夜11時に寝て、朝6時に起床する規則正しい生活を送るようになっていた。仕事人間から脱し、家族を伴っての電車旅行など趣味に没頭する時間が増えた。酒は大好きだったが、祝いの席でだけ口にするようになった。15年、放射線科の教授が代替わりした。教授より年上の自分がいてはやりにくかろうと大学を去る覚悟もしていた。しかし、引き留められて、新たに開講された放射線腫瘍学講座で患者の治療に打ち込んでいる。

原発事故に伴う福島への風評には憤りを感じている。事故後は、放射線のリスクについての講演会に呼ばれる機会が増えた。子どもから大人まで対象は様々で、考えを押し付けるのではなく、「情報を元に自ら考える力をつけてほしい」と全身で語りかける。

趣味のカービングが米学術誌の表紙を飾る

一方で、厳しい術後の合併症と向き合うことになった。15年5月、40度を超える急な発熱と共に悪寒に襲われた。主治医に診てもらうと、胆管が狭窄して胆管炎を起こしていると分かった。腸管に流れずに肝臓にたまった胆汁を排出するため、内視鏡下で胆道内にステント（プラスチック製の管）を挿入した。手術でつないだ胆管のうち1本が閉塞し、その領域の肝臓も萎縮してしまっていた。胆管に細菌が感染して膿がたまる危険性も高まっていた。もう1回開復手術をして胆管をつなぎ直すという選択肢もあるが、手術には新たな合併症のリスクがあった。そこで、右の肋骨下の皮膚からカテーテルを挿入して、それを介して体外のバッグに胆汁を排出することにした。

バッグを定期的に取り替えるという日々の処置にはすぐ慣れたが、24時間下げ続けなくてはならない不織布製の医療用バッグは機能性も見た目も悪かった。佐藤は、移植後に趣味にしていた革細工でカービング（彫刻）をしたバッグを作った。その作品は17年、放射線治療学の国際的学術誌『International Journal of Radiation Oncology・Biology・Physics』の表紙を飾ることになった。

同年春、同誌の編集長で、米国の放射線医学の大御所であるアンソニー・ザイツマンが福島を訪れた。原発を案内し、共に温泉旅行をするうちに、佐藤が下げていたバッグに目をとめ、ぜひ雑誌の表紙にしたいと乞われたのだった。

病の苦痛を紛らわすために自己流で始めた革細工は、今や玄人《くろうと》はだしだ。表紙のために、葛飾北斎の富嶽三十六景を原画として作品を作り上げた。海外の空港でバッグを液体爆薬と誤解されて毎回検査されることを除けば、発熱がなくなって5年近く経った生活は快適そのものだ。

いつの間にか、移植から10年を過ごしていた。拒絶反応を抑えるために飲む免疫抑制薬は、当初の10分の1の量に減った。ステントを交換する内視鏡下治療は、定期的に10回以上繰り返していて、ステントを挿入するたびに苦痛に見舞われるが、それも生きている証である。

慢性肝炎という持病を抱えていたこともあり、佐藤は「50歳まで生きること」を目標に据えて生きてきた。

「50歳になり、目標がなくなってしまった。新しい道を模索するかもしれないが、公私とも人生は充実している」

その目は輝いていた。

■病歴

1984年　高校進学したのを機に初めて行った献血で、B型肝炎ウイルス（HBV）を体内に保有しているキャリアであることが判明する。

92年５月　食事をして帰宅後、猛烈な吐き気と倦怠感に襲われる。福島県立医科大学の病院実習で肝炎の可能性を指摘され、病院で急性のB型肝炎と診断される。実家近くの民間病院に２カ月間入院。

93年夏　肝機能の数値が悪化して、大学病院に数週間入院。

95年　肝炎が悪化し、大学病院に３カ月入院し、インターフェロン治療を再開する。

2008年５月　自らのCT画像で、肝臓に直径４センチほどの灰色の陰影を発見。大学病院の精密検査により、肝がんの確定診断を下される。腫瘍の縮小を目的として、抗がん剤の動注療法を行い、生体肝移植の基準を満たす。

８月　実の兄がドナーとなり、大学病院で生体肝移植の手術を受ける。３カ月間入院。

09年１月　職場復帰。

15年５月　40度を超える急な発熱と共に悪寒に襲われる。胆管が狭窄して胆管炎を起こしていると診断。胆のうに流れずに肝臓にたまった胆汁を排出するため、内視鏡下で胆道内に胆道を広げるステントを挿入する。以後、定期的にステントを交換。

30歳目前で白血病 骨髄移植に賭ける

白血病

原木真名 医療法人社団星瞳会 まなこどもクリニック（千葉市）院長

「病気になっても子どもたちの表情は明るく、治すことができれば、その先の長い人生につなげられる」。原木真名は医学部5年時の臨床実習中、小児科病棟でやり甲斐を見出し、小児科医の道へ進んだ。20代最後の年、血液細胞が異常をきたす骨髄異形成《こつずいいけいせい》症候群を発症。30歳を目前に急性骨髄性白血病へと転化した。死の淵に立たされたが、幸い骨髄バンクで細胞の型（HLA）が一致するドナーが見つかった。骨髄（造血幹細胞）移植により命を救われ、四半世紀が過ぎた。

原木真名（はらき・まな）1963年東京都生まれ。89年千葉大学医学部卒業。同大小児科、都立墨東病院、帝京大医学部附属市原病院を経て、98年まなこどもクリニック開院。

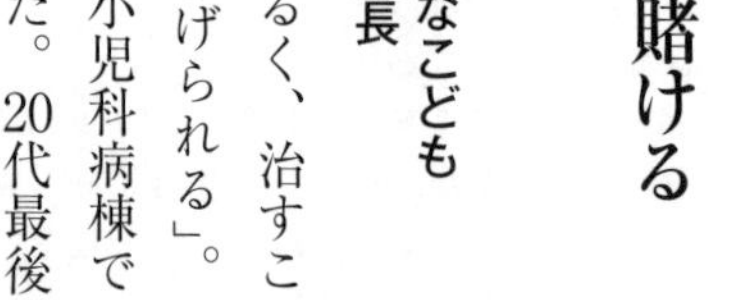

撮影・森浩司

原木は、1989年に千葉大学医学部を卒業して念願の医師になると、母校の小児科医局に入局した。同附属病院、東京都立墨東病院で1年ずつの修業を積んだ後、3年目は医局人事で帝京大学医学部附属市原病院（現・同大ちば総合医療センター）に入職。そのころには、結婚して身ごもっていた。

子どもはあらゆる病気にかかるため、小児科で学ぶことは幅広い。上に進めば専門が細分化されるので、将来は感染症を極めたいと思っていたが、若手はとにかく学べと、循環器、神経、内分泌・代謝、アレルギー、血液内科……と吸収すべきことは多かった。高校時代にワンダーフォーゲル部で培った体力には自信があり、身重ではあったが、ハードな勤務にも耐えた。9月に息子を授かった。

出産の翌年に体調に異常が

産前6週間、産後8週間の休みが明けると、夜間の当直勤務が待ち受けていた。それでも、家族が増え、生活は前にも増して張りが出て、満ち足りていた。翌92年春、職場の健康診断で貧血を指摘されたが、産後のためだろうと余り気にとめなかった。所見には「正球性貧血」とあり、赤血球の大きさや容積は正常と変わらないようだ。よくある鉄欠乏性貧血ではないことは、やや気がかりだった。

忙しさに紛れて日々を過ごしているうちに、貧血は進行していった。夏に息子を抱きかかえて歩くと息切れがした。息子の体重も増えていたが、さすがに違和感を覚えたことから、自院で採血して血液検査をしてみることにした。午後になって、ポケットベルが鳴った。ボスである小児科の教授にすぐ電話をかけると、「ブラスト（芽球《がきゅう》＝未成熟な血液細胞）が増えているみたいだから、マルク（骨髄穿刺《こつずいせんし》）をしてみた方がいい」。「どの患者さんですか」と、原木は咄嗟に聞き返した。自分の検査結果のことだとは、夢にも思わなかった。

検査技師は異状を示す結果をどう伝えるか悩んだ末、教授に報告したのだった。原木は、その日のうちに血液内科で骨髄穿刺を受けた。腰骨に注射器を刺し、骨の中の骨髄液を吸引して採取する。生まれて初めて太い注射針を刺され、強い痛みが残り、早退を許された。

子どもがウイルス感染症にかかると、貧血症状を呈することがある。それに類した症状ではなかろうか。原木は楽観的にそう考えた。数日後、そろそろ検査結果が戻っているだろうとカルテを探ると、「骨髄異形成症候群」という診断名が目に飛び込んできた。

耳慣れない病名であり、当時の内科学の教科書にも数行記述があるだけだった。造血幹細胞が、成熟した血球へと順調に成長できなくなり、白血球減少や貧血などが起こってくる。高齢者に多い病気であり、治療は輸血が中心だという。小児科の先輩医師の判断を仰ぐと、「ちょっと普通の勤務は難しいだろう」という返事だった。

本格的に治療と向き合わざるを得なくなり、染色した骨髄の標本を携えて、9月に母校である千葉大の医学部附属病院に検査入院した。最も不安に感じたのは、細胞毒性を持つ薬で治療をすると卵巣機能が失われ、息子に弟や妹は望めなくなるだろうということだった。母としての思いが先立ち、深刻な危機にさらされている自分の健康は二の次だった。

原木は、大田区山王界隈の閑静な住宅地で生まれ、姉と弟に挟まれ、厳しくも伸び伸びと育った。父は平和島で学習塾を開いており、「自分で考え、ベストを尽くす」ことに重きを置いていた。原木は幼いころから読書に親しみ、中学校までは父の塾に通った。3人きょうだいの中で〝猪突猛進型〟と言われており、活動的で積極的な子どもだった。

高校で入った生物部の活動が面白いと感じた。また、山のように読んだ伝記の中から、ノーベル平和賞を受賞した医師で音楽家のアルベルト・シュバイツァーに憧れた。「世のために役に立ちたい」という高校生らしい正義感が芽生えていた。身内に医療関係者はいなかったが、医師になりたいと、一浪の末に千葉大医学部に合格した。

念願の医師となって4年目の92年に骨髄異形成症候群を発症。翌93年には、病理組織の診断で、芽球が増えて白血病に転化し始めていると告げられたのだった。第二子のことを思い悩むより、自分の治療を最優先させなくてはならず、入院して抗がん剤を用いた化学療法を始めることになった。出産を除けば、入院するのは初めての経験だった。

幸い治療が奏功して、半年もすると安定した状態を保てるまでになった。しかし、白血病細胞を完全に退治できたわけではなかった。強い抗がん剤は、骨髄へのダメージが大きくなり過ぎて使えないことから、常に再発するリスクと隣り合わせだった。唯一根治が見込める治療は、骨髄移植だけだった。

幸運にも骨髄バンクでドナーが見つかる

「5年生存率は、移植をしなければ1割、移植すれば3割」

主治医はあっさりと告げた。衝撃的な数字だが、原木はひるまなかった。骨髄移植には多かれ少なかれ合併症を伴うことは承知していた。

「高齢者も含めての3割の生存率ならば、30歳になったばかりの自分であれば合併症も少なく、もっとずっと高率だろう」

何より生きたかった。両親、姉、弟、そして幼い息子まで、骨髄の提供が可能かどうか、細胞の型（HLA）を調べる検査を受けた。しかし、誰一人、原木と型が一致せず、血縁者からの移植は不可能だと分かった。91年に国内でも骨髄バンクが立ち上がったばかりで、そこに登録することに望みを残した。

いったん退院して自宅で待機しながら、月に1度抗がん剤の投与を受けることになった。薬の副作用で毛髪や眉毛が抜け、1歳だった息子は、顔つきが変わった母親を怪訝な面持ちで見つめた。やがて息子も慣れてきて、ほぼ母親業だけに専念できる穏やかな日々が続いた。それなりに幸福な日々だった。

骨髄移植は、ある意味で覚悟が必要な治療であり、移植した細胞が生着しない可能性があった。いわゆる拒絶反応として、移植片対宿主病《いしょくへんたいしゅくしゅ》（GVHD）が起こってきて、免疫系が移植した細胞を攻撃し始めると、命取りになることもある。

93年9月、病院から連絡があった。移植が可能なドナーが見つかったという。リスクは怖かったが、ドナーの善意は本当にうれしかった。母として生き抜くだけではなく、医師としても復帰しなくてはならないと、再度検査のための入院を決めた。

血液検査でHLAを調べる際には、遺伝子型を詳しく調べるDNAタイピングも実施し、ドナーとの適合度を再度確認した。同時に、MRIなど全身の様々な検査が行われた。移植後は1カ月ほど免疫不全の状態が続くため、虫歯の治療なども事前に済ませておかなければならない。また、抗がん剤による脱毛に備えて、毛髪はあらかじめ短く切り揃えた。

ドナーが全面的に協力してくれることになり、異例の早さで、12月に移植を受けられることが決まった。11月初旬、3週間後に控えた移植のために、千葉大医学部附属病院に入院した。

1週間前には個室に移り、まず大量の抗がん剤を投与して、白血病に冒された骨髄細胞を徹底的に壊滅させる治療が始まった。この治療は、未熟で異常な芽球細胞を減らすための化学療法に比べると、大量に強い薬を使うため副作用も重かった。下痢症状に悩まされ、処方された制吐薬の催眠効果により、夢うつつの状態が続いた。

ドナーは遠方に住んでいるため、千葉大のスタッフは移植前日、骨髄を採取する病院に出向いた。12月2日、移植当日、原木は無菌室に入った。その朝、ドナーから採取された骨髄細胞を携えたスタッフが、午後3時半過ぎに病院に到着した。

腕に刺された注射針から静脈を介してドナーの骨髄液が注入された。命が流し込まれていることが実感できて、涙があふれ出た。91年に骨髄バンクが発足して2年目、千葉大では2例目の移植手術だった。骨髄移植の現状を伝えたいと、ドキュメンタリー番組の取材のために、原木の骨髄移植の一部始終をテレビカメラが捉えていた。

3週間ほどすると、白血球数は血液1マイクロリットル当たり1000個を超えた。骨髄が機能している証拠だ。クリスマスイブ、原木は無菌室を出ることを許された。最高の贈り物となった。

子どもに会えないことがつらい

造血幹細胞の生着が確認された後は、他者の細胞と自分の免疫系との間でせめぎ合いが起こる。拒絶反応であるGVHDは、非血縁者間では高率で生じやすい。このため、移植後から免疫抑制薬を服用した。肝機能がやや低下したものの大過なく推移し、徐々に薬の量を減らすことができた。

入院中、最もつらかったのは、2歳になっていた息子と会えないことだった。感染を持ち込む可能性のある乳幼児は、血液内科の病棟には入れない。それは承知していたものの、院内を訪ねる別の子どもの「ママ、ママ」という声が心に刺さった。

94年3月を迎え、待望の退院の日がやってきた。しばらくぶりに再会した息子は不審な面持ちで原木の顔をのぞき込んでいたが、少し時間をかけて母を思い出してもらうことにした。自宅療養の経過は良好で、職場復帰のメドも立ちつつあった。夏には、愛犬も含めて家族で北海道を車で巡り、復帰直前の長期休暇を楽しんだ。帰宅後、疲労もあって免疫力が落ちて帯状疱疹を発症するという落ちが付いたが、病そのものの回復は順調だった。

小児科医として、ジェネラリストを目指していた。腰を据えて子育てと両立しようと、早くに母校の医局は離れていた。医師になって以来、出産、さらには病気により、小児科の修業は同期の医師より2年以上遅れていた。8月、帝京大学医学部附属市原病院で勤務を再開した。

移植から3年目の96年10月、当直室で横たわっていた時に咳の発作に襲われた。翌朝になっても咳が治まらず、自院でX線を撮ってもらうことになった。心臓が大きく肥大しており、胸に対する心臓の大きさ（心胸郭比《しんきょうかくひ》）は正常の50％以下をはるかに超え、70％近くにもなって十分機能していなかった。もし、抗がん剤による心不全が起こっているのであれば、再起不能となることも覚悟しなくてはならなかった。緊急入院となったが、幸いなことにウイルス性の心筋炎であると判明した。移植後は免疫機能が不十分だったため、感染症を起こしたらしいと分かり、回復した。

98年、息子が小学校に上がるのを機に、開業することを決断した。千葉市内でもニュータウンとして開けてきた地域で、若いファミリーも多く、小児科の診療所が待望されていた。医師になって10年目、34歳は開業する年齢としては若い。賃貸物件だが、設計段階から自分の希望を入れてもらい、自分の思い通りのクリニックを建築することができた。働く母親の支えにしたいと、病児保育を併設することにこだわりがあった。様々な用途に使えるように、診察室は3室設けた。自宅に近いため、小学校帰りの息子が、おやつを求めて顔を出すこともあった。

自分の手でクリニックを作っていくという張り合いのある毎日、子育ても忙しく、公私共に生活は充実していた。しかし今が幸せであるほど、大きな心残りがあった。見ず知らずの自分に骨髄を提供してくれた命の恩人はどんな人で、どのような思いでいるだろうか。全く健康な人が全身麻酔を受け、リスクを賭して骨髄採取に臨んでくれたのだ。託された命の重みというプレッシャーに、押し潰されそうだと感じることがあった。

ドナーと対面し1人では生きられないと実感

日本では、骨髄移植のドナーにもレシピエントにも個人情報が伏せられている。プライバシーを保護し、金銭授受などにつながらないようにとの配慮からだ。

原木が移植を受けてから8年が経った2001年12月、日本造血細胞移植学会の公開シンポジウムが開催された。その会場で、原木は偶然にもドナーと対面を果たした。それぞれ聴衆として参加していたが、骨髄を提供した時期と移植を受けた時期が一致したことから、お互いが当事者だと判明したのだった。

原木は涙で目を潤ませながら、自分の言葉で最上級の感謝を伝えた。ずっと背負い続けていた大きな荷物を降ろせたと感じた。移植の当事者同士が会うことには賛否両論があるが、自分の復活をドナーに直接伝えられたことで、より前向きに生きられると確信できた。

14年には、白血病治療による晩期後遺症として、脳腫瘍の一種である髄膜腫が見つかった。脳ドックを受けて偶然判明したものだった。良性腫瘍だが、大きくなると視覚野を圧迫しかねず、物が見えにくくなることがある。ガンマナイフ（定位《ていい》的放射線外科治療）を受けることで、腫瘍の増大は止められた。

心不全の薬など今も服薬は続いているが、仕事や日常生活に支障はなく、健康を保ち続けている。20周年を迎えたクリニックには、1日100人以上の患者を迎え入れる日もある。大病を患ったことはホームページにも載せ、白血病や難病の子どもを抱えた母親の相談に熱心に耳を傾け、助言することもある。クリニックでは臨床心理士によるカウンセリングを行うなど、児童発達支援施設へのサポートもしている。

一人息子は、自分と同じ小児科医の道を歩み始めており、孫も2人生まれた。診察室では〝おばあちゃん目線〟になって、「一晩よく頑張って子どもを守ったね」と、母親たちを励ます。将来、息子がクリニックを手伝ってくれるかどうかは分からないが、「不安な親子が安心して頼ってくれる場所」であり続けたいと願う。

闘病経験で得た物は大きい。ドナーはもちろんのこと、多くの医療者に支えられて今がある。

「若いころは頑張れば何でもできると過信していたが、1人では生きられないことを心から実感している」

■病歴

1992年春　職場の健康診断で貧血を指摘される。夏に、前年出産した息子を抱きかかえて歩くと息切れがした。血液検査と骨髄穿刺により、骨髄異形成症候群の診断を受ける。

９月　千葉大医学部附属病院に検査入院。

93年　病理組織の診断で、芽球が増えて白血病に転化し始めていると診断される。大学病院に入院して、抗がん剤を用いた化学療法を開始。造血幹細胞（骨髄）移植に備え、自宅で待機しながら、月に１度抗がん剤の投与を受ける。

９月　骨髄バンクを通じて、移植が可能なドナーが見つかる。再度検査のために入院。

11月　大学病院に入院。骨髄移植に備えて、大量の抗がん剤を投与して、白血病に冒された骨髄細胞を徹底的に壊滅させる治療がスタート。

12月24日　無菌室を出る。

94年　３月に退院し、８月に職場復帰。

96年10月　咳の発作に襲われ緊急入院、ウイルス性の心筋炎と診断される。

2001年12月　日本造血細胞移植学会にて、骨髄を提供してくれたドナーと偶然会い、直接感謝を伝える。

14年　白血病治療による晩期後遺症として、脳の良性腫瘍である髄膜腫が見つかる。ガンマナイフ（定位的放射線外科治療）により、腫瘍の増大が止まる。

第5章　心の声に向き合って

4歳で「男としての自分」に違和感

性同一性障害

松永千秋　ちあきクリニック（東京都目黒区）院長

「性のあり方は、その人の人格的生存そのもの。人格を尊重するのであれば、ジェンダーも尊重しなくてはならない」――精神科医である松永千秋は、性同一性障害を診療の専門に据えている。クリニックの患者の7割は心と体の乖離に悩んでおり、全国から訪れる。松永は患者に寄り添い、杓子定規《しゃくしじょうぎ》にしかこの障害を捉えられない風潮を変えたいと心を砕く。それは自らも当事者であり、この障害については、自分が誰よりも知っているという自負に支えられている。

撮影・小林正

松永千秋（まつなが・ちあき）東京都生まれ。早稲田大理工学部・浜松医科大医学部卒業。同大学院修了。浜松医科大医学部精神科講師、附属病院病棟医長、外来医長。日野病院副院長を経て、2012年ちあきクリニック開院。

高度経済成長で日本に勢いがあった時代、松永は、4人きょうだいの次男として東京都に生まれた。元自衛官の父は、厳しい昭和の父親の典型だった。両親が付けてくれた名前は「千秋」ではなく、典型的な男児の名前だった。4歳上の兄、3歳上の姉、1歳下の弟がいた。

自我が芽生えてくるにつれ、自分と他者との違いが気になってくる。4歳の誕生日が過ぎ、髪を刈り揃え、真新しい制服に身を包んで幼稚園に通い始めたころから、違和感を覚えるようになった。男の子はズボンを履いて、トイレはこっち、お道具箱は青色……。姉はおてんばで男勝りの性格だったが、スカートを履いていた。自分もあっちがいいなと思っても、それを言い出させない雰囲気は、幼いなりに感じとっていた。自分は、兄や弟、そして父と同じ「男」なのだから。

小学校に上がると、家族の留守中に姉の服を着て鏡の前に立ってみた。そこに〝本当の自分〟が映っていた。そのまま自転車で隣町に行って歩いたこともある。しかし、帰宅後は後ろめたさに襲われた。

当時流行っていたアニメーション、手塚治虫原作の『リボンの騎士』は、何よりお気に入りだった。王女として生まれた主人公は、皇位継承権を持つ〝王子〟として育てられるが、敵に追われると女装して難を逃れ、やがて隣国の王子と恋に落ちる。「私は自分の人生を生きていない。今は仮の姿で、いつか望むような生活が送れるようになる」

王女に夢を重ねてみたが、それは決して口に出せない願いだった。1969年、十分な説明を行わずに性転換手術を行ったとして、産婦人科医に有罪判決が下った「ブルーボーイ事件」が世を騒がせた。偶然週刊誌を目にした松永は、「性転換は犯罪」という大見出しに衝撃を受けた。

煩悶を科学で解決する道を探る

自分らしく生きたい。そのために先立つものはお金だと思った。小学6年の夏休み、朝3時起きで新聞配達をしてみたが、新聞の重みに耐えかねて挫折した。身長が伸びた中学2年で再開し、月2万円ほどのアルバイト代を手にした。自立への一歩を踏み出せたと心が躍った。好きな科学の本を買い、旅行資金に充てた。

一人旅も自立へのシミュレーションだった。海外でのヒッチハイクの体験記を参考にして指を立てると、通りすがりのトラックが乗せてくれた。親戚のいる浜松を経由して大阪に行ったり、信州で過ごしたり、高校1年の夏休みには津軽海峡を越えて北海道を巡った。

高校は早稲田大学高等学院に進学していた。幼少期からの性別への違和感は、第二次性徴期を迎えて一層深い悩みとなっていた。女子生徒がいない男子校にいることは、むしろ精神的に楽だった。

自分の煩悶《はんもん》に対して、科学によって解決の道を探ろうと考えた。当時は物理学に勢いがあった。ノーベル物理学賞を受賞したエルヴィン・シュレーディンガーは『生命とは何か』という本を書いている。同じくノーベル賞物理学者のニールス・ボーアも相補性の概念を提唱し、精神現象にも物理学の概念が影響することを記している。

「物理学を究めれば、自分の内なる不思議な声も解き明かせるのではないか」

揺らぎのない数学や物理の原則にひかれた。内部進学で早大理工学部に進み、量子力学を学び始めた。

同時に、ボート競技に打ち込んだ。入部した理工漕艇部は、五輪選手を輩出したこともある名門サークルだ。3年生の時には、全日本選手権のダブルスカルに出場して準優勝した。新聞配達で鍛えた脚力や持久力には自信があった。小学校低学年のころ、父が自宅の庭に鉄棒を据え、息子たちは「懸垂ができるようになれ」と命じられた。漕艇部でさらに鍛えられ、憧れていた女性らしい物腰とは裏腹に、がっしりした骨格になった。筋肉も蓄えられたが、一時的なものと割り切った。

量子力学を学んではみたものの、結局、悩みの解決は与えられなかった。4年生になると、教授に相談してみた。ストレートに悩みを話すことは憚られ、「生命についてトータルな視点で研究したい」と切り出すと、師は親身になって2つの道を提示してくれた。1つは大学院で分子生物学を修めること、もう1つが医学部へ入ることだ。

そこで初めて、医学という新たな可能性に開眼した。とは言え、受験勉強をせず大学に進学しているため、難関の医学部に挑む自信はなかった。そこで4年生を終えた後、生物物理学の教室に移り、生命についての研究を深めることにした。大学の成績は良く、1年間は返還義務のない奨学金を得ていたので、親も留年することを承知した。

生物物理学教室の主要な研究テーマは、筋肉の収縮メカニズムで、心の解明にはほど遠いものだった。本格的に医学部進学を目指し、家庭教師のアルバイトを始めた。理系科目には自信があった。国立大学の受験に必要な国語や社会などは、教え子をペースメーカーにして自分も勉強した。

翌春、浜松医科大学に合格した。入学した前年に結婚していた。高校1年で新聞配達のアルバイトを辞めた際、後任となった4歳年上の女性で、道順を教えた縁で親しくなった。憧れの大人の女性で、側にいるうちに大好きになり、人生の伴侶となった。

医学部では、神経内科や脳神経外科など、脳の差異から心と体の乖離を解明することに興味を覚えた。しかし、そのようなアプローチでは、物理学を専攻した際の二の舞になりかねない。グッとこらえて、卒業後は精神科の医局に入局した。医師になれば経済的にも安定し、自分が何者であるかの解明に取りかかれると思っていたが、一人前の医師になる修業は、そこからがスタートだった。

自ら「性同一性障害」の診断を下す

精神科の診断は、米国精神医学会が作成した『精神障害の診断・統計マニュアル』が拠り所となる。80年発行の第3版（DSM－3）から、「性同一性障害（Gender Identity Disorder：GID）」（小児期）と「性転換症」（青年期以降）が採択された。診断基準には、反対の性に対し、持続的な同一感と自分の（身体的）性に対する持続的な不快感などが挙げられている。94年の第4版（DSM－4）では、年代によらず全てGIDとして統一された。

松永は、自分にその診断を下した。日本の大学医局は保守的で、自分がそうだと言い出せるような雰囲気は皆無だった。それを専門とする精神科でさえ、公表すれば居場所を失いかねないと思った。

87年に医師免許を得ると、大学院に進んだ。夏から、医局の人事で沖縄の病院に1年間単身赴任した。1人の時には女性の服装をして外出した。その時間こそは、自分に偽りのない人生だと実感できた。幼少期から男性として生きることに疑問を抱き、その解決のため精神科医になったこともあり、1日も早く一人前の医師になりたいと願った。女性として暮らしたい、同じ障害を抱える患者を手助けしたいと、懸命に努力した。

医学生時代に長女が生まれていた。精神科医の修業に追われながら、自分の性別への違和感という1点を除けば、公私共に満ち足りていた。

沖縄の病院から戻った後は、研究にも熱心に取り組んだ。博士論文への評価は高く、米国立衛生研究所（ＮＩＨ）とジョンズ・ホプキンス大学に留学の機会も得た。もっともＧＩＤを究めたくても、日本はおろか米国にも研究できる場所はまだなく、基礎薬理学を専門に据えていた。

帰国後は、順調に母校の浜松医科大で講師にまで昇進した。教授も代替わりしたことで、伝統でがんじがらめの大学を出て、故郷の東京に戻りたいという思いが募っていた。2002年に人事で浜松労災病院に移ったのを機に、医局を離れる決断をして、03年に横浜の精神科病院、日野病院に就職した。

職場や家族への公表から開業へ

世の中には次第にGIDの人の人権に配慮し、その生きにくさを理解しようという気運が生まれつつあった。

04年、「性同一性障害者の性別の取扱いの特例に関する法律」（特例法）が施行された。一定の条件を満たす性同一性障害者は、家庭裁判所の審判を経て、戸籍上の性別を変更でき、新しい性別での婚姻も可能になった。GIDを医療で救済しようというのが特例法の目的であり、20歳以上、結婚していない、性別適合手術を受けている……などが条件となっている。

大学と距離を置いたこともあり、法制定後、松永はまず、服装を次第に女性らしいものに変えた。一部の患者からは女性だと思われるようになり、戸籍名も「千秋」に変えた。

次に、望む診療を形にすることを決めた。GIDを専門的に診療する医療機関はまだ少なかった。08年にGIDの専門外来を開きたいと病院に提案した。困っている人に手を差し伸べようという姿勢は、勤務先の法人の理念にも合致した。

この障害について、松永は誰よりも詳しかった。そして、杓子定規にしか患者を診ていない精神科医がいることにもどかしさを感じ、それを変えたいと思った。

「異性の体に閉じ込められている感覚がないと、GIDでないと言われる。単なる服装の嗜好か、それとも心の中まで別の性なのか、真偽を見定めようとする診療スタンスは受け入れがたかった」

専門外来開設に先立ち、病院の全職員が集まる場で、GIDとはどんな障害か、どう対応すべきか、どんな治療をするのかを講義した。

当初は週に半日だけの外来だったが、口コミで評判が広がり、遠方からも訪れる患者が増えた。すぐに予約は埋まり、週1日に増やしてもらった。1年間奮闘した結果、病院内でGIDに対する理解が進み、機が熟してきた。

そこで、自分も当事者であることを公にすると、ごく自然に受け止められたようだった。自分らしく生きる望みは遂げられつつあった。時代も少しずつ前に進んでいた。

1960年代のブルーボーイ事件では、優生保護法（現・母体保護法）下で正当な理由なく生殖機能を失わせたとして、性転換手術を行った医師が裁かれた。96年になり、埼玉医科大学の倫理委員会が外科的性転換も治療の一手段として認めるよう答申を出し、日本精神神経学会の『性同一性障害に関する診断と治療のガイドライン』が策定された。同大ではこれに沿って、日本で初めて正当な医療として性別適合手術を実施した。

松永の専門外来も順調だったが、大きな医療法人の中では、どうしてもままならないことがあった。ＧＩＤのためのホルモン療法等は自費診療になるが、日野病院ではそれを行うことは認められなかった。

松永は、さらに理想に近付くために開業を決意した。２０１２年に東京・世田谷区に「ちあきクリニック」を開き、手狭になったこともあり、16年に自由が丘駅前に移転した。父は他界していたが、産み育ててくれた母、兄、姉、弟のきょうだい３人に対しても、自分がＧＩＤであることを伝え、理解を得た。そして、妻は、クリニックを立ち上げる時から事務長として、二人三脚で支え続けてくれている。

自分が作った〝モデル〟を大事にしてほしい

米国精神医学会『精神疾患の診断・統計マニュアル』は、13年の第5版（ＤＳＭ－５）

から、「性別違和（Gender Dysphoria）」という診断名が採用され、性別への違和感が強調されるようになった。

ちあきクリニックを訪れる患者の約7割が性別違和で、下は4歳、上は70代と広く、ライフステージごとに多様な問題を抱えている。思い詰める時期と、何とかなりそうだと思う時期を繰り返し、最後は追い詰められて来院する。

最初はじっくり話を聞く。多くの場合、生い立ちからの「自分史」を書いてくるため、本人も話しやすく、限られた診察時間で松永も患者を把握しやすくなる。「診断書が欲しい」「性別を変えたい」「手術を受けたい」……訴えは幅広く、「違和感がつらいのではっきりさせたい」という人も多い。

「共通するのは性別違和感からくる苦痛で、専門家に診断をつけてもらい、生きる指針にしたがっている」

診断書は、学校や職場で望む性別の扱いをしてもらう根拠になる。全ての人に精神療法を行い、大半は身体的治療まで進む。ホルモン剤の注射までは自院で行うが、手術が必要な場合は大学病院へ紹介する。

子どものころから悩んでいる患者が多く、親に言えないどころか、親だからこそ気付けずにいる。性別への違和感を思うことさえ許されず、社会的に容認されない気持ちという価値観を刷り込まれ、自分自身を抑圧している。このため、まず本心に向き合うことから始める人もいる。苦痛を解きほぐすと、最初は性転換治療が必要だと思い詰めていた人が、自分には必要ないと気付くこともあるという。

最年少の患者、幼稚園に通う男児は、「女の子の格好をしたい」とちゃんと主張できた。親もその意思を尊重しているが、幼稚園で服装がいじめやからかいの対象になり、親も先生も戸惑った。松永は、日常の写真を一緒に見ながら、「こんなかわいい格好をしていたね」と、子どもの気持ちをポジティブに受け止める。すると、自分はこういう状態でいいのだと納得でき、親も安心する。診断書は医療的裏付けとなり、幼稚園も安心して対応できるようになる。

幼児期は性別が分かってくる時期だが、違和感があっても言えない子が圧倒的に多い。小学生までは親と同伴だが、中学生になると、親に言えない苦しさから、1人で来る子がいる。中年期や老年期では、家庭を持ち会社で責任も果たしてきた人が、子どもが成人し、定年になって解放され、自分らしい生き方を模索している。

日本人で戸籍の性別を変更している人は、2万人に1人以上とされる。松永は、違和感を抱える人はその何百倍もいるかもしれないと考えている。

「心や脳の性別が体と異なるから、単純に体を心に近づければいいというのではない。その人に合った性のあり方を人格全体に統合させる。それを助けるという本来の治療を志している」

自分も当事者であることは、患者にはあえて話さない。主治医がロールモデルになると、患者が「こうでなくてはならない」という意識を強く持ち過ぎる恐れがあるからだ。

「〝透明な存在〟になることで、患者はそこに自身の気持ちを投影することもできる。自分で作るモデルを大切にしてもらいたい」

患者の声に熱心に耳を傾ける傍ら、啓発のための講演活動などにも力を入れている。16年にはGID学会研究大会の会長を務めた。患者が小学生や中学生の場合は、学校に出向いて教師などを対象にGIDについて説く。

「患者の家族が、無条件にGIDを受け入れているわけではない。複雑な思いがありながらも受容している」

理想の診療を求めて、模索は続いている。

■病歴

４歳　幼稚園に通い始めたころから、自分の性別に違和感を覚えるようになる。小学生の時、家族の留守中に、３歳上の姉の服を着て外出する。大学生の時、物理学で自分の違和感を解明したいと、早大理工学部に進学し、量子力学を学び始める。悩みの解決には至らず、恩師の勧めで医師を目指し、浜松医科大学入学。

1987年　医師免許取得。夏から沖縄の病院に１年間単身赴任。一人の時には女性の服装をして外出した。

2004年　「性同一性障害者の性別の取扱いの特例に関する法律」(特例法) 施行を機に、服装を次第に女性らしいものに変え、戸籍名も「千秋」に変えた。

08年　勤務先の日野病院に、性同一性障害(GID)の専門外来を開設。

12年　「ちあきクリニック」開院、患者の７割は性別違和。

16年　GID学会研究会の大会長を務める。

「アル中医師」が「アル中患者」を診る

アルコール依存症

河本泰信 よしの病院（東京都町田市）副院長

「アル中が、アル中患者を診て恥ずかしくないの」と、電話越しに妻になじられた。２００９年2月、精神科医の河本泰信は岡山の県立病院の要職にありながら、自らもアルコール依存症を抱えていた。回復の道に招き入れたのは、前年に再婚した妻の一喝がきっかけだった。ただし、精神科医である自分が、妻に付き添われて精神科の門をくぐるような、みっともないことは断じてできなかった。渋々自ら断酒する道を選ぶことを決断し、実行に移した。

撮影・小林正

河本泰信（こうもと・やすのぶ）1960年岡山県生まれ。岡山大学医学部卒業。慈圭病院、県立岡山病院医療部長・院長補佐、国立病院機構久里浜医療センターなどを経て、2017年5月から現職。

河本が飲酒を始めたのは、医学部に入学してからだ。

元来が対人関係に緊張しがちだったが、同期生とのコンパなどで酒が入ると、かせが外れて打ち解けられ、酩酊が楽しいと感じた。1年目の前期の成績はほぼ「優」で通り、そこで緊張感が途切れたのか、家飲みも始まった。泥酔して正体がなくなる「ブラックアウト」まで、飲むようになった。

河本は、1960年に岡山県で生まれた。生家は食料品の小売商を営んでいた。婿養子だった父は、不本意な仕事をしているとの思いを抱えていたのか、毎晩のように酒を飲んでいた。外で飲み、玄関先で眠り込んでいることもあった。

知人宅で酔って寝込んだ父を迎えに行き、父を支えながら歩く母の後を、妹とトボトボと歩いた記憶もある。一方で、日ごろは気難しかった父が、酔うにつれて機嫌が良くなるのは、子どもには歓迎すべき姿と映った。

強い挫折感を抱えていた父は、自分の人生の雪辱を果たしてもらおうとしたものか、長男である河本の教育にことさら熱心だった。中学時代は毎週末、大阪にある進学塾まで、往復7時間の道のりを車で送迎してくれた。

「勉強さえしていれば、うるさく言われることはなかった。長男に頑張って勉強してもらおうと、両親の仲や、同居していた母方の祖父母と父の関係も良くなった」

勉強は、河本にとっても現実逃避の手段だった。親の期待通り成績も良く、人命を救う道は世間体も良さそうだと考えて、医学を志した。県立の進学校から、岡山大学医学部に合格した。それまでの圧迫感から逃れて下宿を始めた河本は、解放感に浸った。

アルコール依存症の親など、機能不全な家庭で育ち、成長してもなお心的なトラウマを持つケースは、「アダルトチルドレン（AC）」と呼ばれる。河本は紛れもなくACだった。ただし実家にいたころ、父が河本に酒を強いるようなことは一切なく、飲酒は大学入学後に習慣付けられたものだ。

酩酊をエネルギーとして生きる

「酒を飲むことで、緊張感と圧迫感が弾け飛ぶ。こんな良い物がこの世にあったのか。他の人たちがほどほどで切り上げるのが、不思議だった」

学生のアルバイトで買えるのは、当時最も安かった「サントリーウイスキーレッド」止まりだった。それでも週3日は飲み、多い日は640ミリリットル瓶を一晩で空けることもあった。入学直後の新入生は、いわゆる五月病に見舞われることが多いが、後期に起こってくる〝九月病〟もある。こちらは、いわば無気力症候群であり、五月病より厄介だとされている。河本の場合、そこにアルコール依存が加わった。

悪酔いで起きられず登校できない日が続いた。それが両親に知れることになって罵倒されたものの、せいぜい1週間禁酒するのが関の山だった。さらに2年目には、〝引きこもり〟になった。昼は家で寝て、夕方になるとゴソゴソ起き出して、反原発や反基地運動の集会やデモなどに参加した。結局、2年間の教養課程を終えるまでに、通常の修業年限の倍となる4年かかった末、医学専門課程に進学した。

両親には、酒を控えて進級していたと嘘をついていたため、本来の医学部の最終学年になる6年目には、しつこく将来のことを尋ねられた。泥酔して父親を突き飛ばし、その後1年間ほどであるが、音信不通の状態が続いた。

幸い国立大学の授業料は安かった。塾の講師などの割の良いアルバイトもあり、学費を賄うことができた。ある病院が設けた安い寮に移り、その1年間は、何とか親に頼らなくとも生活ができた。

4年間の専門課程は1年留年しただけで、5年で終えた。結局9年間かけて、88年に医学部を卒業した。卒業試験や医師国家試験は、終了後の大量飲酒を楽しみにしてエネルギーを集中させて、一発で合格した。自分の生い立ちもあり、自己探求の手段として精神科を専門に据えた。

「親から受けた期待への反発と後ろめたさとの葛藤、そして激しい憎悪の背景を見極めたかった」

大学医局から派遣された岡山市内の慈圭病院で、精神科医としての研修を受けた。アルコール依存症と診断された患者に多く出会い、治療のために院内で週1回開催されている断酒会にも参加した。アルコール依存症についての知識はあったが、酒が切れると手が震え幻覚が出るといった極端な臨床像を描いていた。自分は勉強ができて医師国家試験にも通って病院勤務もしており、メリハリを付けて飲んでいる。断じてアルコール依存症ではないと考えていた。

しかし、断酒会で聞く患者の話は、どこか自分と似通っているようだとも感じていた。相反する思いが共存するアンビバレンスな状態にあった。もし、自分も病気であるならば、酒を手放さなくてはいけなかった。酩酊をエネルギーとして生きてきた自分は、今後何を支えに生きればいいのか、そこから先は想像もできなかった。

医師になってすぐ、最初の結婚をした。子どもはいなかったが、円満な家庭生活だった。

しかしそれも、酒量を抑える力にはならなかった。酒をやめるなど論外だった。飲み会や宴会がない日は、家で飲んだ。「欠勤すればアル中」と自分勝手なルールを定め、アルコールが抜けきらない日も、仕事を休むことはなかった。もう一つの強弁は、「自覚しているうちは、アルコール依存症ではない」というものだった。

職場でも、朝からアルコール臭を発していたはずだが、面と向かって同僚から非難されることはなかった。唯一、「ほどほどにしろ」と助言してくれる先輩医師がいた。妻も案じており、「アル中だから、先輩の先生に相談に行こう」と持ちかけてくれたが、「そんなことをして、仕事ができないようになったら、どうするんだ」と一蹴した。

一方で、アルコール依存症の患者の断酒の手助けをしたいという欲求が強まり、押しつけがましいほど熱心に治療に打ち込んだ。患者に断酒会や自助グループへの参加を勧め、「くじけるな」と叱咤激励《しったげきれい》した。患者を自分の身代わりにしていたのだ。

ついに妻が離婚を口にすると、これ幸いと乗った。離婚後の妻の生活費を払い続けてでも、気ままに酒を飲み続けたいと、19年間の結婚生活に終止符を打った。

再婚した妻の堪忍袋の緒が切れた

1988年から県立岡山病院（現・岡山県精神科医療センター）に移り、医療部長を経て、依存症ユニット担当の院長補佐になっていた。2008年に2度目の結婚をした。再婚した妻は看護職で、河本が講師を務めた依存症に関する研修会に参加したこともあった。結婚前の河本を、「酔うと道路に寝る面白いおじさん」と認識していた。

その妻が、河本の飲酒が許容限度をはるかに超えていることに気づくのは、時間の問題だった。結婚して半年もすると、前妻と同様に、酒量について口うるさく言い始めた。妻が最初の子を流産してつらい日にも、河本は飲んだくれて帰った。かわいがっていた鳥が死んだ日も飲み続け、ついに妻の堪忍袋の緒が切れた。

その日は09年2月最後の金曜日で、河本はいつも通りに出勤した。妻は、河本が勤務中であることもお構いなしに、夫の携帯電話を鳴らし続けた。電話に出ると、激しい口調で責め立てた。そして、「今から私が、精神病院に連れて行ってあげる」と、凄まじい剣幕で病院受診と入院を迫ったのだ。

その日ばかりは、妻に抗えそうにもなかった。河本は観念した。精神科にかかるくらいなら、自ら断酒する道を選択するよりなかった。

「アルコール依存症の専門医が断酒を続けたら、それがかえって名誉になるかもしれない。損得計算も働いた」

病院へ行く代わりに、空いた日に自助グループに参加したいと申し出たが、妻は「今日行きなさい」と譲らなかった。自助グループの会合は毎日のように各地で開催されているが、あいにく金曜日に岡山で開かれる会合はなかった。最も近いのは神戸だった。「新幹線代なんか、あなたの飲み代に比べたら安いものよ」と、妻は言い放った。

自助グループ参加と学究活動で充足感

道すがら、医者生命どころか、人生まで終わりそうな気がした。河本は、悲壮な決意で新幹線に乗り込み、勇気を振り絞って自助グループの会場の扉を開けた。そこでは「ヤス」と名乗った。酒を飲み始めたきっかけ、両親にかけた迷惑、傷付けられた前妻の悲しみ、友人や同僚たちにかけた迷惑、途方もなく嫌な気分……。あっけらかんとした場の雰囲気に心を開かされ、自分が周囲にかけた酒害の数々が堰を切ったように口をついて出てきた。

その晩から酒は1滴も口にせず、週1回の神戸通いが始まった。当初の緊張感は消え、30年近く酒害をかけ続けた体験をとめどなく吐き出した。少し余裕が出てくると、自分を含めて参加者たちは、他人の話をほとんど右から左へと聞き流していることに気付いた。自分の〝武勇伝〟をいかに盛り上げるかに熱心で、酒飲みの大言壮語と似ていた。それでも、同じ経験をした人に聞いてもらえることは、ありがたかった。

今の妻に対する非道な仕打ちについても話した。不思議なことに、話せば話すほど達成感が湧き起こってきた。自己をアピールし、それを受け入れてもらえる。情けない話だが、それで承認の欲求が満たされるのだから、被虐的な快感だ。精神分析を確立したジークムント・フロイトの弟子であるカール・メニンガーは、アルコール依存症などを無意識の自己破壊傾向の発露と捉えて、「慢性自殺」という概念を提唱した。そこにあるのはマゾヒズムである。河本の場合は、飲酒に替わる自助グループによって、それも充足された。

断酒してしばらくは、手先の震えなどの禁断症状に見舞われた。夜は酒なしに寝つけなくなっていた。睡眠薬に頼ろうかとも考えたが、1カ月半を過ぎると、徐々に自然な眠りに落ちることができるようになった。

つらいのは、出張の時だ。自宅では妻の目もあるため、酒に手を出さずに過ごすことは比較的容易である。ところが、ホテルの部屋の冷蔵庫はミニバーになっており、アルコール飲料で満たされている。おまけに部屋には自分一人きり、酒に手が伸びる衝動と闘わなくてはならなかった。結局、睡眠薬を処方してもらい、出張の折は、夕食後すぐにそれを服用するようにした。

断酒する2年前ぐらいから肝機能にも影響が出ており、γ－GTP値は3桁台に上昇していた。あと数年で肝炎の域に入るだろうと他人事のように考えていたが、断酒と共に数値は正常化した。

それまで、「アルコール依存症」という診断こそ、誰からも正式に下されていなかったが、精神科の専門医である自分には、もう否定しようがなかった。

断酒を始めて半年経ったころ、論文執筆の機会を得た。日本におけるギャンブル依存症医療の草分けで、北海道立精神保健福祉センター所長の田辺等の推薦だった。09年10月、ギャンブル依存症に関する「初期診断から洞察的精神療法へ」という小論が、専門誌に掲載された。これが初めての論文で、活字になった自分の名前を見るのは誇らしかった。続く日本嗜癖行動学会では発表も行い、「対人援助職と依存症」という演題に、自らを症例として盛り込んだ。

そして、何より大きな収穫は、このような論文執筆や学会発表が、飲酒以上に充足感をもたらしてくれることを発見したことだ。医師になって20年間、河本は精神科の臨床に励んでいたが、学究活動とは縁が薄く、論文を書くこともなく博士号も取得していなかった。「飲酒して酩酊するたびに、自分にはこんな凄いアイデアがあるのに、なぜ誰も注目してくれないのだろうとくすぶっていた。満たしたかったのは、こうした名誉欲だった」

それから9年の間に、英語論文5編を含む30編以上の論文を筆頭著者として仕上げた。

「お父さん、お母さん、僕を見てすごいと言ってよ」と、常に親に目をかけてもらうことを意識して育った河本の本性は、50歳になっても何ら変わらなかった。ただ、酒以外で欲望を満たす術をやっと身に付けたことで、成長することができた。

欲望充足メソッドで患者を治療する

仕事では、アルコールなどの物質の依存症、ギャンブルなど非物質の依存症の治療に、これまで以上に熱心に取り組んだが、診療方針は大きく変わった。かつては患者に依存症の診断を下すと、自助グループへの参加を熱心に勧めていた。しかし、患者がその扉を開けるハードルが極めて高いことを、身をもって知った。しかも、医学的治療を二の次にして、丸投げしていたことを猛省した。

そこで、自身の体験に基づき、「欲望充足メソッド」と名付けた独自の治療法で、患者と向き合うようになった。アルコール依存症の場合であれば、「飲酒で満たしたかった欲望は何か」を尋ね、それを充足させるために、患者や家族が望むことを探す手助けをしている。目的とすべきは断酒ではなく、飲酒に替わるものを見つけることなのだ。

この治療が誰よりも奏功した例が、河本自身である。15年に治療法をまとめた書籍『「ギャンブル依存症」からの脱出』（SBクリエイティブ）を出版し、後半に自分の歩んできた道を赤裸々に綴った。

「治療者自身が、どういう人生観と経歴で向き合っているかを伝えなければ、治療法は押しつけにすぎなくなる」

13年から国立病院機構久里浜医療センター（神奈川県横須賀市）に勤務していたが、16年に精神保健指定医の取り消し処分を受けた。岡山時代に研修医が症例を使い回しており、そのことに連座する形だった。しばらくの間、この世から消え去りたいほど打ちのめされたが、不思議と飲酒の欲求は出なかった。久里浜を辞して、よしの病院（東京都町田市）に移り、己の信じる治療を患者に施している。

神戸のアルコール依存症の自助グループには、当初3カ月間通った。その後、岡山のグループに移り、神奈川に転居してからも通っている。出席は年数回だが、自助グループのメンバーであるということは常に心しておきたいからだ。

断酒後、2人の子どもに恵まれた。子どもは心底かわいいと思え、命と引き替えにしても守りたい存在だ。しかし、子どもの成長に充足感を求めることは決してしたくない。

「学究活動は楽しいが、能力には限りがあるので、いずれ潮時が来るかもしれない。そうなった時にまた欲望を満たす別のものを見つければいい」

■病歴

大学入学後、飲酒を始める。

週３日は飲み、多い日はウイスキー640ミリリットル瓶を一晩で空けた。

１年目後期　“九月病”（無気力症候群）が加わり、悪酔いで起きられず、登校できない日が続いた。

２年目　“引きこもり”になり、昼は家で寝て、夕方に起き出して、集会やデモなどに参加した。２年間の教養課程を４年間かけて終え、医学専門課程に進学。

６年目　泥酔して父親を突き飛ばし、１年間ほど音信不通になる。

1988年　飲酒癖がたたり、9年がかりで医学部を卒業。

精神科医として研修を開始し、アルコール依存症の治療のために院内で週１回開催されている断酒会にも参加。

結婚後も、酒量は抑えられず、飲み会や宴会がない日も、家で飲んだ。「欠勤すればアル中」と自分勝手なルールを定め、アルコールが抜けきらない日も出勤。

19年間の結婚生活に終止符を打ち、離婚。

アルコール依存症の治療に熱心に打ち込み、自分の身代わりとして、患者に断酒会や自助グループへの参加を勧め、叱咤激励する。

2009年２月　再婚した妻の要請で、初めて自助グループに当事者として参加。以後、禁酒を続ける。

出張時は、夕食後すぐに睡眠薬を服用。

断酒の２年ほど前から肝機能を示すγ-GTP値は３桁台になっていたが、断酒と共に数値が正常化。

10月　ギャンブル依存症に関する最初の論文が、専門誌に掲載される。

これを皮切りに学術発表を重ねる。

依存症に対する「欲望充足メソッド」を開発して、自ら実践すると共に患者に施している。

第6章　病が開いた新たな治療法

「糖質制限食の伝道師」の原点

2型糖尿病

江部康二　一般財団法人高雄病院（京都市）理事長

「何じゃ、こりゃあ」。江部康二は我が目を疑った。2002年6月に測定した食後血糖値は「240㎎／dℓ」を超えていた。今や「糖質制限食の伝道師」として名高いが、糖尿病の専門医ではない。ただし、漢方を専門とした総合診療で糖尿病患者も診ており、その数値の意味はすぐ分かった。両親ともに2型糖尿病を発症していたが、52歳で自分の番がやってきた。兄が考案した糖質制限食と自ら実践した断食により、薬なしに病を克服し、糖質制限療法の原点となった。

江部康二（えべ・こうじ）1950年京都府生まれ。74年京都大学医学部卒業。同大結核胸部疾患研究所勤務。78年高雄病院医局長、副院長を経て、2000年理事長。1989年開院の江部診療所院長を兼ねる。

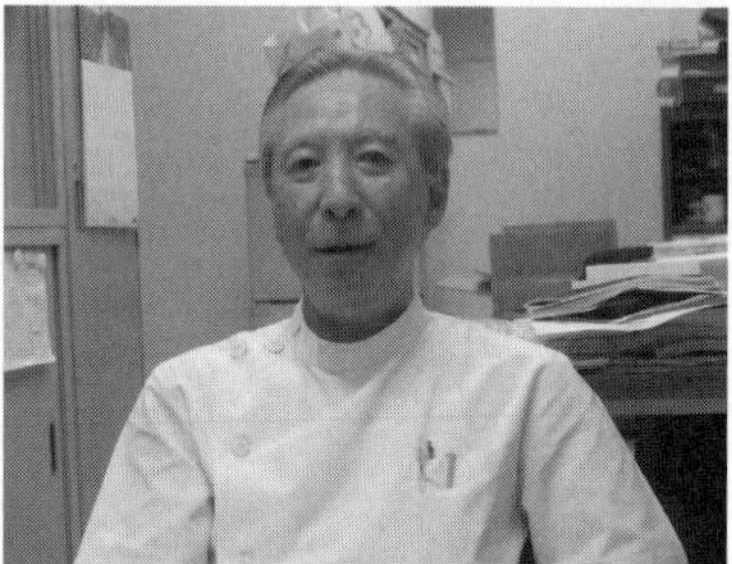

撮影・塚﨑朝子

その前の晩に血糖値を測定したのは、軽い気持ちだった。当時、睡眠時無呼吸症候群が話題になっていたため、自分も1泊入院して睡眠中の体の状態を調べるポリソムノグラフィー検査を受けてみた。ついでにと夕食後に採血した結果、糖尿病の域に入る200㎎／dℓを大きく上回る値が出た。

翌日、昼食にいつもの胚芽米の代わりに玄米を食べ、再度試してみた結果は、やはり「220㎎／dℓ」という高い値だった。ヘモグロビンA1cは「6・7％」で、こちらも正常値（現在は4・6～6・2％）を上回っていた。呆然自失とはこのことだった。

1950年、京都府で生まれた江部は、被爆2世になるが、元来とても健康だった。父は東京都出身の外科医で、太平洋戦争中は広島県北西部の樽床ダムを守る部隊で軍医をしていた。45年8月6日、原子爆弾投下。その朝、広島駅近くで畑仕事をしていた広島県立高等女学校の若い女性教師が、被爆して火傷を負った。親戚がトラックで姉の自宅に運び入れ、そこで火傷の手当てをしたのが父であり、その女性教師は後に江部の母となった。

その後、父が広島市内で内科医院を開業したため、江部は小学4年生の時から広島で育った。父を見て、医師の仕事は自由度が高そうだと感じていた。2歳上の兄・洋一郎がおり、幼稚園から高校まで同じ道を歩み、兄が京都大学医学部に進学すると、その後を追った。74年に卒業し、附属の結核胸部疾患研究所（現・京大大学院医学研究科呼吸器内科学教室）に入局した。病院実習で回った時に先輩医師たちが優しそうだったというのが、その理由だった。

健康で運動に励み多飲多食の日々

一足早く医師になった兄は麻酔科・泌尿器科に進んでいた。大学紛争が盛んな時代で医学部も例外ではなく、江部も兄も学生運動の闘士だった。ゲバ棒を振って全共闘運動に熱心だった兄は就職先で苦労し、知り合いの伝手を頼り、高雄病院に入職した。元は結核病院で、戦時中は陸軍に接収されていたが、戦後、内科病院として再スタートしていた。兄は西洋医学の権威に対抗意識を燃やし、東洋医学を猛勉強して漢方医になった。

江部の方は大学医局に入り、母校で研修を終えた後は助手となり、79年から関連病院への赴任が内定していた。ところが、兄を含めて3人しかいない高雄病院の常勤医師の1人が病に倒れ、母が「助けてやって」と江部に泣きついてきた。医局人事が発令される直前で、江部はまたも兄に合流した。

結核こそ不治の病ではなくなっていたが、呼吸器には肺がん、喘息、肺線維症などの難治な疾患があり、西洋医学だけでは対処できない。それを漢方が補ってくれるだろうと、自分も漢方医学の習得に打ち込んだ。

高雄病院には、西洋医学の治療では効果が不十分な疾患を抱える患者が訪れた。とりわけアトピー性皮膚炎に苦しむ患者が多く、漢方と食事療法の組み合わせで治療に当たった。当時はステロイド剤の塗り薬の副作用がことさら槍玉に上がっており、一時は江部も脱ステロイド療法に傾きかけた。しかし、ステロイド剤の有用性を再認識し、途中から併用しつつ量を減らすことを目指す方向に切り換えた。「アトピー学校」という患者教室を立ち上げ、入院時に患者が自己管理できるように指導していた。

仕事に打ち込むだけでなく、オフの時間も充実していた。大学時代は野球部に入っていたが、医師になってからテニスを始めた。週1～2回はボールを追い、週1回はスポーツジムにも通っていた。汗を流しては、大いに飲み、かつ食べた。と言っても、胚芽米に野菜や魚が多め、油は控えめという健康を意識したスタイルだった。酒は毎日のようにビールから始め、その後に純米大吟醸酒を飲んだ。中学時代からアレルギー性鼻炎があり、飲酒後は鼻づまりの症状がやや悪化したが、それ以外は健康面で問題はなかった。風邪一つ引かず、休診したこともなかった。

40歳がターニング・ポイントに

そう、40歳までは――。学生時代と同じ167センチ、57キロの体型を維持しており、太れないことが悩みの種であるほどだった。40歳からは仲間たちと趣味のバンド活動も始めた。ボーカルとして毎月第3金曜夜にライブハウスの舞台に立ち、ビートルズから尾崎豊の歌まで熱唱した。バンド名の「ターニング・ポイント」は、年齢的に人生の節目かなという意味で命名した。

それは、本当に節目の年だった。定期的に運動をして、食生活にも気を配っているのに、その年から徐々に体重が増え始めていた。下腹がせり出して、子持ちシシャモのような体型になってきたのだ。そこから10年かけて、10キロほど増えた。血圧も同じく右肩上がりに上昇した。以前は120～130／70～80㎜Hgを維持していたのが、52歳時点では、普段でも140～150／90～96㎜Hgとなり、外来後に測ると180／110㎜Hgにまで上昇していた。コレステロール値は正常だった。

年1回の健康診断は、きちんと受けていた。40代後半には、空腹時の血糖値は109㎜

Hgでギリギリ正常範囲にあった。しかし、上がり続けていることに変わりなく、もし食後に測定していたら200㎜Hgぐらいになっていたはずだ。

そして、52歳で糖尿病の動かぬ証拠を突き付けられた。

冷静に振り返ってみると、実は思い当たることはたくさんあった。20代と40歳時点で体重こそ変わらなかったが、筋肉量は落ちていたはずで、その分、脂肪が増えていたにすぎなかった。加齢に伴って基礎代謝量は坂を転げるように落ち、メタボリックシンドロームの域に突入していた。

「病気が一気に開花して、おかしいと気付いた。健診では空腹時血糖値とヘモグロビンA1cだけしか調べないので、見過ごされてしまっていた。俺も馬鹿だった」

ひどく困惑した江部を救ったのは、兄の始めた糖質制限食だった。そこには自らの絶食体験も生きてきた。実は、江部は84年、34歳の時から断食を繰り返していた。アトピー性皮膚炎の治療でも食事療法に注目したのはそのためだった。

断食の最初のきっかけはその前年、核ミサイルを積んだ米国の原子力潜水艦が米軍佐世保基地に入港したことだ。京大の学生がこれに抗議してハンガーストライキを決行し、メディカルチェックを頼まれた江部は、断食療法を参考にすればいいと考えた。

学生が断食を開始して22日目、血中のCPK（クレアチンキナーゼ）の値が上昇し、筋肉が傷害されていると分かった時点で、ドクターストップをかけた。脂肪に替わってタンパク質が燃え始めたと判断できたからだ。その後、重湯から徐々に普通食に戻していった。江部は、断食療法を調べていく過程で、効用が多いことを知った。そこで、自身も3日ほど断食を体験してみると、その間は鼻炎が止まった。そのため、それ以後、毎年のように年1回程度の断食をしていた。

2002年になり、2日連続して測定した血糖値が高値だったことで、生活習慣病の側面が強い2型糖尿病であるという現実を突き付けられた江部は、大いに落胆した。だが、へこんだ気持ちはわずか一晩で回復した。

「自分を実験台にして、食事療法をすればいい。患者に頼むプレッシャーから解放されるのは、ラッキーではなかろうか」

実際それまでに、糖尿病が薬なしでコントロールできるという証拠を、十数人の患者で確認してきていた。

当時も今も、日本で糖尿病の食事療法のスタンダードと言えば、カロリー制限食だ。しかし、高雄病院では99年から、当時院長だった江部の兄が糖質制限食を導入していた。漢方医である兄は幅広い疾患の診療に当たり、糖尿病患者とも向き合っていた。そのころ、『シュガーバスター』（H・レイトン・スチュワード他著、吉田まりえ訳、講談社）という砂糖や糖質の弊害を啓発する本が話題となっていた。また、冒険家の植村直己が、イヌイットの村で生肉・生魚という食生活をした体験談にも触発された。

兄はこれらを参考にして糖質を制限する患者食を考案したが、病院の3人の管理栄養士たちは疑心暗鬼で、疑いの目を向けていた。江部も「変なことを始めたな」と、遠巻きに眺めていた。

患者の劇的改善で〝宗旨替え〟

2000年、江部は高雄病院の理事長に就任した。翌01年に診ていた男性患者の1人は重症の2型糖尿病で、血糖値546㎎／dℓ、ヘモグロビンA1c14・6％、尿糖は100グラム／日を超えていた。入院させて、玄米、野菜、魚、鶏肉などを用いた食事で1日1600キロカロリーに抑え、ウォーキングを組み合わせて生活改善を図った。しかし、1週間経っても、食後血糖値は400㎎／dℓを切ることはなかった。

その患者は、兄の受け持ち患者と同室だった。自分の食事が控えめな盛りつけなのに対し、兄の患者は肉や魚が多く、おかずが中心で見た目にもおいしそうに映ったようだ。主治医である江部に「あっちがうまそうやから、食べたい」とせがんだ。

江部は一瞬カチンと来たが、患者の希望を入れることにした。果たして、糖質制限食に切り換えたその日から、食後血糖値は200㎎／dℓを切り、尿糖も8グラム／日と、数値は見る見る正常化した。

これには、江部も度肝を抜かれた。

「薬は全く使っていないのに、こんな劇的な改善はあり得へん」

過去に自分も断食を体験し、主食を取らないことはそう悪くなさそうだと感じていたこともあり、「1例の証拠で十分」と、あっさり〝宗旨替え〟した。

兄は糖質制限食を深く究めることはしていなかったが、江部はインターネットを駆使して文献を集め、読み漁った。海外では、糖質制限食は異端な食事ではなかった。高雄病院では、全面的に糖質制限食を推進することになった。

そして、その1年後、皮肉なことに、江部自身が糖尿病を発症した。しかし、ピンチを最大のチャンスと捉えた。患者に様々な食品を摂取してもらい、その後に血糖値を自己測定するよう頼んでいた。簡易測定器を用いて指に針を指すだけとは言え、痛みを伴うもので患者に対して申し訳ないと感じていた。自分も糖尿病になったのだから、これからは何でも自分で試すことができる。

「自分の主治医は自分だ。薬は絶対飲まず、糖質制限を徹底して治そう」

翌日から1回の食事の糖質摂取量を20グラム以内に制限することにした。元から基本は1日2食で、朝はコーヒーに生クリームを少量入れて飲む程度、昼は病院で患者と同じ糖質制限食の給食を食べる。夕食は妻に頼んで、糖質を控えたメニューを用意してもらう。野菜や食物繊維などを積極的に摂り、必要な栄養素は欠かさないが、炭水化物は避けて、おかずばかりを食べるようにした。甘味料は、血糖値を上げないエリスリトール（カロリー0の天然甘味料）に変えた。大好きな酒をやめることはできないが、日本酒から糖質を含まない蒸留酒中心に切り換え、主に焼酎などを飲んでいる。

食事の糖質を制限すると、その日から血糖値は下がり出し、血圧も正常になった。半年続けた結果、糖尿病発症時に身長167センチで67キロあった体重は57キロになり、現在もそれを維持している。メタボリックシンドロームからも脱し、CTで内臓脂肪を測定してみると、126平方センチあったのが半年後には72平方センチと正常になっていた。

当初は、摂取した食物を記録していた。何を食べてどれぐらい血糖が変動するかを、およそ把握できるようになると、その必要もなくなった。江部は自らを実験台に、糖質制限療法を確立していった。

自分が実践していれば、患者にも自信を持って勧められる。この食事療法を広めたいと、05年に治療を体系化して最初の本『主食を抜けば糖尿病は良くなる!』(東洋経済新報社)を出した。国際的には、1日の糖質量が130グラム以下の食事を低糖質食(糖質制限食)と呼ぶ。単純に3食で割れば、1回の食事は43グラム以下である。これに対して、江部が勧める「スーパー糖質制限食」は、1食当たりの糖質量の目安が20グラム以下である。糖質制限中は、ブドウ糖に代わる主エネルギー源として、肝臓に蓄えた脂肪酸が燃焼してケトン体が産生され、脳を含めて全身に供給される。

07年からはブログでも発信し始めた。それらを読んで糖質制限療法を採り入れた糖尿病患者の中に、人気作家の宮本輝がいた。宮本が服薬なしに順調な回復を示したことをきっかけとして、患者同士が語り合う機会へと広がっていった。

糖尿病は天から与えられた使命

20年現在、糖尿病が発覚して18年余りが経過したが、70歳の江部はますます元気だ。薬を飲むこともなく、合併症もない。裸眼で広辞苑の文字が読め、聴力の低下もない。老眼鏡は不要だ。身長は全く縮んでおらず、歯も1本も失っていない。頻尿で夜間のトイレに悩まされることもない。高雄病院、個人で開業した江部診療所の2カ所で、週に6日の外来診療を行っている。その合間に、年間30回ほどの講演をこなす。ブログは毎日のように更新し、立て続けに著作を出している。オフのテニスでは、同世代の仲間たちが3ゲームで音を上げるのに、江部は疲れ知らずだ。ライブハウスが閉まるまでの20年間は、バンドのボーカルとして毎月ステージにも立っていた。

「どう考えても普通の人の2~3倍働いている。これほど活動力が高いのは、糖化による老化が防げているためではないか」

老化には、糖化と酸化が関わっている。活性酸素による酸化はある程度仕方ないとしても、厳格な糖質制限を行うことで糖化はかなり防げているはずだ。

食後に高血糖が起きると、血糖を降下させるホルモンのインスリンが分泌される。過剰な反応で血糖が急降下する際に眠気が生じるが、江部はそうした眠気とも無縁で、常に〝臨戦態勢〟にあるようだ。

糖質は1回の総量を抑えればいいので、食の楽しみは失われていない。ステーキなど肉類も魚介類も卵も野菜も食べ放題。日本酒なら猪口1杯、乾杯のビールコップ3分の1程度なら、許容範囲だ。フグのコースを食べに行けば、締めの雑炊もお椀に3分の1ぐらいは食べられる。

体を張って実践した糖質制限について「人類の歴史から見ても、生理学的にも理に叶っている」と確信を深め、〝伝道〟に力を入れてきた。賛同する医師も増え、糖質制限の市場規模は今や4000億円に迫る（富士経済調べ）。医療現場も看過できなくなっており、東大病院などでも緩やかな糖質制限食が採用されるようになった。風向きは確実に変わってきた。

江部は、「発症する前に知識があれば、糖尿病を発症することはなかった」と思う反面、病気になったことを前向きに捉えている。

「糖尿病になったのは、天から与えられた使命のような気がする。自分の健康度がメッチャ高まっただけでなく、糖質制限食で日本人が健康になり、医療費が激安になったら、国民栄誉賞級だね」

子どものような満面の笑みを浮かべた。

■病歴

1990年　40歳にしてターニング・ポイントを迎え、徐々に体重が増え始めて、10年かけて10キロ増。血圧も同じく右肩上がりに上昇した。

2002年６月　測定した食後血糖値が、大幅に基準値を上回る。翌日も同じく高値で、ヘモグロビンA1cも大幅に正常値を超えており、２型糖尿病を発症したことが判明する。翌日から、１回の食事の糖質摂取量を20グラム以内に制限する「スーパー糖質制限食」を実施。翌日から、薬なしに、血糖値も血圧も正常化。

がん予防法探し「間欠断食」に出会う

舌がん

青木厚　あおき内科　さいたま糖尿病クリニック（さいたま市）院長

人より周回遅れ、32歳で念願の医師になった青木厚は、２０１０年、40歳で舌がんを発症した。舌の左側に生じた痛みと炎症に気づき、口内炎ではなく舌がんであると直感した。幸い早期で根治した後、「再発したくない」という一心で間欠的断食療法を考案した。その実践が、その後の自身の健康を支えているのみならず、糖尿病専門医として日々向き合う肥満や糖尿病を抱える患者たちにも、医学的に理に叶った療法として効果をもたらしている。

青木厚（あおき・あつし）
1969年長野県生まれ。2002年福井医科大学卒業。長野赤十字病院、川崎市立川崎病院、自治医科大学附属さいたま医療センター勤務。15年青木内科・リハビリテーション科開設。現名称に改称。

撮影・小林正

青木が最初に異変を感じたのは、2002年。福井医科大学（現・福井大学医学部）を卒業して、長野赤十字病院（長野市）で研修を始めた直後だった。辛い物を食べると、頬の粘膜や舌に痛みが走った。口内炎だろうと思ったが、念のため歯科口腔《こうくう》外科を受診すると、口腔粘膜に炎症を生じる「口腔扁平苔癬《こうくうへんぺいたいせん》」と診断された。特段治療もしないまま、程なくして痛みは消えていった。

青木は、将来は故郷の長野県に戻って開業することを見据えて、内科で修業を積みたいと、自治医科大学附属さいたま医療センター（さいたま市）の総合診療科を経て、08年からは内分泌代謝科に移って、糖尿病の診療を究めようとしていた。

歯磨き後に舌の異変に気付く

09年12月のある朝、歯を磨いた後に鏡を覗いたところ、舌の左側の前部の裏側に直径1センチほど真っ白になっている箇所があることに気づいた。今回は痛みも痒みもなかった。医学生時代に教科書で学んだ「口腔白板症《こうくうはくばんしょう》」ではないかと見当をつけた。自院の歯科口腔外科を受診すると、予想通りの診断が下った。口腔白板症は、口腔扁平苔癬よりもがん化する率が高いことが知られており、担当の歯科医から「時折、口腔内に注意を払うように」と忠告された。

翌年、青木は40歳で大学院に入学した。忙しさに拍車がかかり、自身の健康に気を払う余裕はなかった。当時は〝無給医〟だったが、リハビリテーション科の医師として同じく修業中だった妻との間に2人の子が生まれていた。

10月のある日、白板症のあった舌の左側に痛みを感じた。鏡を見ると、真っ赤にただれて潰瘍化しているのが見えた。症状が口内炎とよく似ているためだが、青木は見過ごさず、舌がんに違いないと直感した。その日のうちに、以前と同じ歯科医の診察を受けると、舌がんの診断を下された。舌がんは非常に進行が早いがんで、診断がついた時点で首のリンパ節に転移していることも多いが、転移のないステージ1だった。

「自分が医師だからこそ早期発見ができたので、幸いだった」

もっとも、局所の小さな病変が、リンパ節に乗って転移することもあり得るので、予断を許さなかった。

原因に思い巡らしてみたが、両親は健在で、身内にがんに罹患した者はほとんどいなかった。酒は好きだが、口腔がんの最大のリスクとされる喫煙歴はなかった。不規則な生活によって、下腹が出る中年太りの体型になりつつあったが、運動はそれなりにしていた。

とりわけマラソンにのめり込み、毎日10キロほど走り、ハーフマラソンなどの大会に出場していた。

「俺はがん体質なのか、他のがんにもかかってしまうかもしれない」

悪い方へ悪い方へと想像が巡っていった。5歳と3歳の娘に加えて、妻は3人目の子を身ごもっていた。アルバイト勤務では生計にも不安があった。早く治療を受け、がんの恐怖から逃れたかった。

医師である妻に告げると、比較的冷静に病名を受け止めた。青木は、そのまま歯科口腔外科で歯科医師の治療を受けることを考えていた。しかし、がんは全身の病気であることから、妻は、医師の治療を受けた方が良いのではないかと進言した。

都内でも口腔がんの症例数が多い東京医科歯科大学医学部附属病院の耳鼻咽喉科宛てに紹介状を書いてもらうことにした。新たな主治医は、青木のがんが初期であることから、手術に加えて、小線源放射線治療の選択肢を提示した。これは、小線源（イリジウム針）を舌に挿入して、がんに対して放射線を組織内照射するもので、舌を温存できるという利点がある。

だが、青木は、一刻も早くがんを体内から消し去りたいと、ためらうことなく切除の道を選択した。幸い、月額4000円ほどかけ続けていたがん保険から200万円の診断一時金が支払われることになり、当座の生活の不安は払拭された。

紆余曲折した医師の道を全うしたい

がんの宣告はつらかったが、振り返ってみると、医師になるまでの道のりも相当険しく、苦しかった。やっとつかんだその道を外れることなく、とことん全うしたいと強く念じていた。

青木は1969年、姉2人の末っ子として長野県千曲市に生まれた。身内には教員が多く、父親も高等学校の体育科教師で、漠然と自分もその道に進むのだろうと思っていた。理数系の科目は得意だったので、現役で東京理科大学理工学部物理学科に入学した。4年生の夏には、長野県の教員採用試験を受けて補欠で合格していたが、教職を自分の生涯の仕事にするという踏ん切りがつかなかった。

将来を思う中で、高校時代に一時迷っていた医学への思いがよみがえった。教員から医師へと軌道修正し、4年生の後半から、医学部を目指して受験勉強を開始した。学費の負担を考えると選択肢は国公立大学しかないが、すんなり1発で合格とはいかなかった。大学を卒業すると自宅に舞い戻り、自宅で浪人生活をスタートさせた。両親は、就職もせず自宅にこもっている息子を心配しており、見放すことはなかった。

ひたすら受験勉強に励んだが、2回目の受験でも目指す国公立大学医学部には受からなかった。翌年、3回目で徳島大学歯学部に合格した。つらい浪人生活から逃れたくて入学したものの、1年が経つころ、やはり違う道だと思った。受験勉強を再開し、ようやく福井医大の合格を勝ち得た。両親は、念願が叶った我が子が卒業するまで援助し続けてくれた。

家族も巻き込んで、苦労して勝ち取った医学の道であり、がんでひるむわけにはいかなかった。有給休暇をもらえる身分ではなかったが、内分泌代謝科の教授に舌がんで手術が必要なことを伝えて、休みを願い出た。

主治医は、青木が医師であることを知っていたが、知ったかぶりはせず、おとなしい患者でいようと努めた。専門性では主治医の方が格段に上である。一方で、調べれば解決がつくような質問をして、主治医を煩わせることがないようにしようと思った。自分も医師の患者の診療をすることがあったが、そこから学んだ処世術だった。CTなど様々な検査を受けながら、医師と患者を隔てる壁は、途方もなく高いと感じた。

11月22日に入院した。祝日である23日には外出し、家族4人、後楽園ゆうえんちで思う存分遊んだ。幼子2人には青木の入院の意味は分からず、満面の笑みをたたえていた。その姿に、「また、ここに戻ってこよう」と誓った。

24日、手術の朝を迎えた。これまで大病したことはなく、初めての手術だった。腫瘍を中心に舌の左側の4分の1を切り取り、再建はしなかった。手術は3時間ほどで終わった。全身麻酔から覚めると、舌は動かないようにと包帯でぐるぐる巻きに固定されていた。痛みはさほど感じなかったが、1週間ほど口からは食べられず、鼻から胃までチューブを通して栄養剤を補給する経鼻経管栄養に頼らざるを得なかったことが、何より苦痛だった。

ステージ1の早期であり、「がんは残さず取り切れ、頸部（首）のリンパ節への転移もない」と、主治医から説明を受けた。11日間の入院を終えて、12月2日に退院した。

舌には痺れがあり、動かしてみると、ほんのわずかだが滑舌に影響しているような気がした。痺れは、切除した際に神経の一部が傷害されたことに起因しているようだった。それでも2カ月すると、ほぼ元通りに話すことも食べることもできるようになり、勤務先である自治医科大学附属さいたま医療センター内分泌代謝科に復職した。何気ない日常が戻ってくるのは、本当にうれしかった。

一方で、同じころに舌がんと診断された妻の知人は、進行がん（ステージ4）だったこともあり、幼子を残して命を落とした。それを知らされると、がんという病の深刻さを改めて意識するようになった。青木の両親にがんの既往歴はなく健在だったが、自分はがんに罹りやすい体質なのかもしれなかった。実際に子どもの時から風邪を引きやすく、大人になっても月1回は風邪を引き、免疫力が弱いのではないかと感じていた。

1度は命拾いしたが、2度とがんにはなりたくなかった。復職後、夜間の当直は外してもらったものの、診療や大学院での研究生活が再開し、多忙な日々が戻ってきた。

自分は医師であり、不養生でがんを再発することは避けなくてはならないと痛感した。元から喫煙習慣はないが、飲酒もスッパリやめた。趣味でのめり込んでいたマラソンは、有害な活性酸素を過剰に産生するリスクがあるため、代わりに、腹筋や腕立て伏せなどの筋トレだけを継続して行うことにした。

オートファジー理論が予防のエビデンス

がんは自分の専門分野ではなかったが、何とか科学的根拠（エビデンス）のある予防法を探りたかった。そこで、医学論文検索サイトの「ＰｕｂＭｅｄ」に、「cancer（がん）」×「prevention（予防）」と入れて検索してみた。行き当たったのが、「intermittent fasting

（間欠的断食）」「autophagy（オートファジー）」というキーワードだった。

肥満は万病のもと。カロリー摂取を控えることにより、様々な病気を遠ざけ、長寿につながると提唱されるようになっていた。検索でヒットした論文に目を通すと、断食は、がんの予防だけでなく、糖尿病、心血管病、さらにはアルツハイマー病やパーキンソン病などの神経変性疾患の予防にも効果的であるという。

その科学的根拠となるのが、オートファジー（細胞の自食作用）の働きで、16年のノーベル生理学・医学賞を受賞した大隅良典の受賞理由となった研究である。オートファジーは、細胞が飢餓状態に陥った時に、自らのタンパク質を分解してアミノ酸へと変えてエネルギー源を作り出し、この自食により細胞の中の余計な物が取り除かれる仕組みだ。古くなったり壊れたりしたタンパク質や、ミトコンドリアなどの細胞内の小器官は、オートファジーにより除去されるだけでなく、これらを材料に新たなタンパク質が作られるのだ。

重要なのは、オートファジーのスイッチが入るためには、体を飢餓状態にさらす必要があることだ。最新の研究から、物を食べない「空腹時間」が16時間に達すると、オートファジーが誘導されることが明らかになっている。いきなり食事を全部絶つ完全な断食はハードルが高いが、空腹時間を作る「間欠的断食」でも効果が認められるという。

これが、青木にとって最大の関心事であるがんの予防法になりそうだった。のみならず、専門として日々向き合っている糖尿病の患者にも有用であることが、目を引いた。40歳を過ぎて、内臓脂肪が貯まり始めた腹部が気になっていたが、減量にも一役買ってくれそうだった。

多忙に紛れて昼食が取れず、気が付いてみれば、1日近く何も食べずに過ごしていたという経験はあった。また、寝食を忘れて勉強に没頭したこともあった。それを思えば、間欠的な断食ならば、何とか実践できそうな気がした。

無理のない断食により、胃腸や肝臓などに休息を与えられる。体内のブドウ糖が枯渇すると、脂肪を燃焼してエネルギー源に換えるケトン体（アセトン、アセト酢酸、β-ヒドロキシ酪酸）が肝臓で産生される。ケトン体には、酸化反応や炎症反応を抑制する作用もあり、血中に増加すると身体機能が改善するという。

青木は早速、自ら実験してみることにした。朝は6時ごろにコーヒーを飲み、サラダを中心とした朝食を食べる。その後出勤して、午前・午後と、昼食は取らずに診療を続ける。夕食を食べるのは帰宅後、夜の10時を回ってからだ。16時間絶食を続ければ、8時間の間は何を食べてもいいことにした。

最初のころは、昼時になると空腹で目もくらむような思いをした。夕食までの間、唯一食べることが許されるのは無塩のナッツ類で、不飽和脂肪酸が豊富に含まれ栄養価も高い。1カ月、2カ月……4カ月ほどすると、空腹にも慣れてきて、ナッツをつまむ量も減った。そして、ポッコリせり出していた下腹が解消され、78センチあった腹囲は70センチになり、摂取カロリーを減らしたこともあって体重も落ちてきた。

「健康的にダイエットができただけでなく、風邪を引くこともなくなったことで、免疫力も上がっていると実感できた」

病から3年後、14年春に無事に博士号も取得できた。青木は、26歳で医学部に入り直したころから、将来は開業して地域医療に貢献したいと考えていた。当初は長野県に帰るつもりだったが、さいたま医療センターで修業した縁を生かし、15年に東大宮駅前に、リハビリ医の妻と共にクリニックを開設した。

がん経験と食事療法で患者を勇気付ける

手術から5年が過ぎるころには、手術後からずっと残っていた舌の痺れもほとんど気にならなくなっていた。生活習慣病の患者は増え続けていることもあり、クリニックの経営は軌道に乗り、青木の患者は糖尿病が9割以上を占める。糖尿病は、生涯付き合っていかなくてはならない病気である。落ち込んでいる患者に対して、「生きていれば色々なことがある。実は自分もがんになって……」と話しかけると、患者が病に向き合うモチベーションを高める効用もある。

そして、自ら実践している間欠的断食療法を患者にも伝授する。ライフスタイルによって、朝食から夕食まで、あるいは夕食から翌日の昼食まで、16時間の断食と折り合いが付けられたことで、体重が減少したり、減薬につなげられたりする人もいる。糖尿病患者は一般の人よりがんの発症率が高いことが知られているが、発がん予防にもつながれば、なお理想的だ。19年に『「空腹」こそ最強のクスリ』(アスコム)という著書を出したことで、患者以外にも効果が波及しているようだと感じる。

がんの体験は、得難い物を与えてくれた。50歳の坂を越え、がんと向き合ってから9年が過ぎた。日々治療に打ち込み、3人の子どもたちの成長を見守る。

「喉元過ぎれば……ではないが、少し予防の意識が緩んできた気がする。それでも食習慣を維持して健康を保ち、地域の患者を支えていきたい」

■病歴

2002年　辛い物を食べると頬の粘膜や舌に痛みが走り、歯科口腔外科で「口腔扁平苔癬」と診断される。

09年12月　舌の左側の前部の裏側が1センチほど真っ白になっていることに気づき、歯科で「口腔白板症」と診断される。

10年10月　白板症のあった舌の左側に痛みを感じる。歯科で転移のないステージ1の舌がんと診断される。

10年11月22日　東京医科歯科大学医学部附属病院に入院。

24日　耳鼻咽喉科で手術を受ける。腫瘍を中心に舌の左側の4分の1を切り取り、再建はしなかった。

13年ごろから　オートファジー理論に基づく間欠的断食を実践。

15年　あおき内科 さいたま糖尿病クリニック開院。間欠的断食を患者にも指導し始める。

第7章　がんが豊かにした人生

医院開業3年目、突如白血病に

白血病

森山成林　**通谷メンタルクリニック（福岡県中間市）院長**

医者冥利に尽きる。2017年1月、精神科医・森山成林は、70歳の誕生日に目を潤ませた。回復の道を歩む、かつての患者たちから「感謝状」を送られたのだ。「先生は私たち依存症者に希望と仲間と回復の道を与えてくれた」。日曜作家、帚木蓬生《ははきぎほうせい》として、長らく二足のわらじを履き続け、小説では賞を受けているが、人生初の感謝状だ。振り返ると、この日を迎えられないと思えた日々があった。開業して3年目、07年夏、突然の白血病を宣告されたのだ。

森山成林（もりやま・なりあきら）1947年福岡県生まれ。東大文学部卒業後、TBS勤務。2年後に退職し、78年九州大学医学部を卒業。八幡厚生病院（北九州市）副院長を経て、2005年通谷メンタルクリニック開院。

撮影・塚﨑朝子

2005年に福岡県中間市に開院した通谷メンタルクリニックは、医師は森山1人、常勤職員2人のささやかなクリニックだ。毎年スタッフの健康診断を行っており、07年7月、午後が休診である水曜日に森山自身も採血などの検査を受けた。その週末には職員旅行を予定しており、何の自覚症状も前触れもなかった。

一晩明けて木曜日、検査会社から急を告げる電話がかかってきた。森山の血液の像が異常であるとして、一刻も早く血液内科を受診することを強く勧められた。「検体を取り違えているんじゃないの」と冗談めかしてはみたが、事は深刻だった。顕微鏡で見ると、異常な白血球が増えており、赤血球も大幅に減っているという。

予約患者に延期の断りを入れて、金曜日に最寄りの総合病院を受診したところ、血液内科の担当医は、淀みなく「急性骨髄性白血病」という診断を告げた。そのまま入院となり、無菌室への入室が決まった。血中に正常な好中球（免疫細胞の一種）はほとんどなく、血小板も底を突いているとのことで、病勢は急を要していた。

「このまま旅行に行けば、死にますよ」と脅された。翌週には神戸で講演会を予定していたが、全てドタキャンするよりなかった。

治療には数カ月を要すると聞かされた。そうなると、自分を頼りとしている患者たちへの対応が、何よりの懸案事項となった。精神疾患を抱えている患者は、ただでさえ動揺しやすい。いっそ閉院するという選択肢もあった。そうでないにしても、転院先を決めなくてはならなかった。

患者に対して自らの病名を開示

地域の精神科医たちと20年来勉強会を続けておいたこともあり、まず気の置けない仲間に相談することにした。九州大学の同門でもある伊藤正敏に連絡すると、衝撃を受けたようだったが、すぐに状況を飲み込み、「俺たちが1日置きに交替で何とかするから」と請け合った。

森山の妻は、クリニックの専従看護師でもあり、介護支援専門員（ケアマネジャー）資格も持っている。総務主任と共に、主のいないクリニックを守る要となった。翌週の火曜日から、仲間たちが入れ替わり立ち替わり、代診を務めてくれることが決まった。

最も大きな決断は、患者に対して自身の病名を開示するというものだった。クリニックの受付前にある告知板に「私は急性骨髄性白血病で、数カ月間の入院加療中は、信頼する仲間の先生たちが診療に来るので、これまで通り受診し続けてください」と大書した。さらに、職員たちには「俳優の渡辺謙さんと同じ病気だから、心配は要らない」と、患者に言い含めてもらうようにした。

作家業は、古くからある医師の兼業かもしれない。明治・大正期に活躍した森鷗外は、陸軍軍医のトップとなりながら、旺盛な作家活動を展開した文豪としても知られる。中でも人数が多いのは精神科医だが、森山の経歴は異色である。

父は戦時中、中国で憲兵の任にあったが、帰国後は筑後地方の福岡県小郡市で保険会社に勤めていた。森山は1947年、次男として生を受けた。勉強は万遍なく得意で成績は良く、幼いころから剣道に打ち込み心身を鍛えていた。

県立明善高校から東京大学に入った。文学部で仏文学を専攻したのは、小説家への憧れからだ。69年に卒業すると、社会の問題をあぶり出すジャーナリストを志願して東京放送(TBS)に入社した。ところがその前年、報道の左傾化から過激派に手を貸したとされる「成田事件」が起こった。報道局は縮小され、歌番組やバラエティー番組を担当した。周りには40歳を過ぎると閑職に回る先輩たちもいた。森山は早々に放送業界に見切りを付け、次なる道を模索した。

医師ならば、生涯の仕事として不足はなかった。文筆も得意だが、元は理科系だったので、数学などの試験科目も苦にならなかった。3年目に会社を辞すると、約10カ月の受験勉強で九大医学部に合格した。大好きな『源氏物語』の五十四帖から「帚木」と「蓬生《よもぎう》」を組み合わせ、仮名で模擬試験を受けていたが、それが後に筆名となった。

72年に31歳で医師免許を得ると、そのまま九大の精神科医局に入局した。精神医学が盛んなフランスに留学したいと思っていた。医学生時代に、人体解剖実習に触発された『頭蓋に立つ旗』が最初の受賞作（第6回九州沖縄芸術祭文学賞）となった。これが、医業を続けながら文筆もできそうな診療科を選ばせることにもなった。九大には、戦時中に米軍捕虜を生きたまま解剖し殺害した事件などもあり、「医学界には魅力的な小説の題材が転がっている」と感じた。

医師になって2年目に念願のフランス留学を果たした。2年後に帰国し、大学病院や市中の病院でアルコール依存症の患者を診るうちに、合併して起こるギャンブル依存症と向き合わざるを得なくなった。まだ、疾患としての認知度が低かった時代から、ギャンブル依存症の診療に手探りで取り組んだ。

並行して、作家業でも意欲作を次々と世に送り出した。医学にとどまらず幅広くテーマを探り、丹念な下調べと鋭い人間観察に基づいた、ヒューマニズムに溢れる作品で、作家としての地位も確立した。

患者たちから寄せられた励ましの手紙

出版は年1作と定め、毎朝4時からの2時間を執筆に当て、原稿用紙4枚ずつ書き進めている。もう40年近く、開業後もその日課は変わらない。土日は、執筆のための調べ物に当てている。

「小説を書いていると、診療は手を抜いているとみられがちだが、決してそんな医者にはならない」

医学論文も多数執筆し、診療にも誠心誠意取り組んだ。長年勤めた八幡厚生病院（北九州市）で診療部長となり、還暦を目前にした2005年に退職して開業した。白血病を宣告された時点で、1日約30人の患者を診ており、小説のテーマは7年先まで決まっていた。

地域の仲間や母校の九大医局の医師たちが代診の応援を約束してくれ、治療に専念できる環境は整いつつあった。勤務医時代、心を病んだ医師を何人も担当し、生半可な知識による不遜な態度に悩まされてきた。その経験から、主治医に全幅の信頼を寄せた。

かつては不治の病とされていた白血病は、タイプによっては薬が著効を示すようになり、造血幹細胞（骨髄）移植のような治療法も開発されて、むしろ治しやすいがんになっていた。しかし、森山は発症時点で60歳を超えていたこともあり、主治医から「生死は五分五分」と告げられた。心は乱れたが、「半々ならば見込みがある。患者や仲間のためにも絶対に生きて戻らなくてはいけない」との思いを募らせた。

実は病状は深刻で、一刻を争う状態だった。放置すれば、頭蓋内出血や肺炎の危険もあった。入院後は無菌室に直行し、速やかに化学療法が開始された。主治医の治療方針は明確だった。大量の抗がん剤を投与し、体内のがん細胞を壊滅させる。その後、自己の末梢血から採取した造血幹細胞を移植する。化学療法は3クール目で、白血病細胞が全体の5％以下となり「寛解《かんかい》」に至った。だが、徹底してがん細胞を叩くために4クール目まで投与が続けられた。

4畳半ほどの無菌室は、治療に専念するための場だが、森山は思わぬ時間を与えられることになった。診療と並行して続けてきた〝日曜作家〟が、生まれて初めて、〝3食昼寝付きの専業作家〟になれたのだった。

命を振り絞った『水神』で新田次郎文学賞

作品はどれも重厚なテーマで、毎回100〜200冊もの資料を読み込み、そこから必要な箇所を抽出したファイルを作る。発症した年は、地元の筑後川を舞台に、堰の建設を巡る農民と武士との魂の交流を描いた『水神』（新潮社）を執筆中で、入院した7月には前半を書き終えていた。終日を過ごす無菌室は〝書斎〟となり、妻に頼んで原稿用紙や資料を持ってきてもらい、消毒して持ち込んだ。

ベッドで情景が浮かぶと、忘れないうちに書き留める……その繰り返しだった。抗がん剤の副作用と闘いつつも、故郷への恩返しのつもりで書き進め、秋には後編を書き終えた。結果的にいつもより早く脱稿でき、翌年の作品に着手する傍ら、翌々年の資料の読み込みまで進めることができた。

1時間置きに見回りに来る看護師たちは、なるべく病床にいるよう諭しはしたが、執筆には目こぼししてくれた。長期にわたる入院中、精神面が悪化する患者も多いとされるが、打ち込む物があった森山には、そうしたことはなかった。命を振り絞った『水神』は09年8月に刊行され、翌年、新田次郎文学賞を受賞した。

同じく病床で書いた『ソルハ』（あかね書房）は初の児童書で、アフガニスタンの内戦や9・11テロを背景に、カブールに住む少女を主人公にした戦争ものだ。編集者の企画に乗って書いた初めての書でもあり、「遺言になるかもしれない」と気合を入れて書き上げた作品は、11年に小学館児童出版文化賞を受賞した。

病を機に診療を辞め、以後は作家業に専念することもできた。しかし、回り道をして医師になったことで、1日でも長く医師を続けなければならないという使命感があった。何より、森山の復帰を待ちわびている患者たちのため、代診を続けてくれていた医師たちのために、クリニックに戻らなくてはいけなかった。

病名を開示したことで、患者の動揺は最小限に抑えられているようだった。妻から、患者は概ね落ち着いて事態を受け止めていると聞かされた。「今はいい治療法があるので、落ち込むことはないですよ」「自分の知り合いもこの病気で、今はピンピンとしています」。そして、「これは神がくれた休暇です」と、患者から多くの手紙が寄せられた。

入れ替わり立ち替わり18人の代診医たちが診療をつないでくれ、森山の入院中に転院を希望した患者は1人のみだった。入院の少し前から〝副院長〟として、患者と交流を続けてきた柴犬の「シン（心）君」の存在も欠かせない。シン君は、いわゆるセラピー犬で、患者たちは共に院長の病を悲しみ、快癒を願う思いを語りかけていたという。残念ながら、ひどく落ち込んでいたとされる患者の1人が、自死を選んだ。

造血幹細胞移植は成功して、病状は徐々に快方に向かった。3度の一時退院を許され、代診医の代診として診察室に入ると、患者は歓喜の声を上げた。そして07年12月28日、退院の日。半年に及んだ院長の不在に終止符が打たれ、日曜作家兼開業医の生活を再開した。

日本人の2人に1人はがんになる時代。これでもうしばらく、がんにならないかもしれないと、少し晴れ晴れとした心持ちもあった。自分の患者ががんだと分かった時も、「治りますよ」と、実感を込めて伝えられるようになった。がんが完治したと言えるのは、5年間再発しなかった時だ。その通過点に、患者から「もう大丈夫ですね」と言われた。もっとも、主治医に尋ねると、「でも、いつかは死にますから」と、現実的な答えが返ってきた。

病の現実を受け入れ前向きに生きる

病はマイナスの面ばかりではなかった。「人生は限りがあるんだ。自分は死ぬんだな。もう無駄はいかんな」と、病前にも増して勤勉になった。

作家業では、「これが最後の作品かもしれない」との思いが浮かぶ。とは言いながら、何年も先まで骨太のテーマが埋まっている。評価の高い作品が多いが、〝売れない作家〟

であることも森山の強みだ。流行を追わず、他の作家が書かないテーマを丹念に追い、一見すると地味な人物の生き様に光を当てる。「自分にしか書けないものを書く」という意識は、病を得てから一層強くなった。

16年には、代診を務めてくれた近隣の精神科医の仲間たちと共に、ポル・ポト政権によって壊滅させられたカンボジアの精神科医療の事情を視察して報告するなど、診療以外の仕事にも精力的に取り組んでいる。

町のメンタルクリニックには、生きにくさを感じている地域の人たちから、〝よろず相談〟のように、様々な悩みが持ち込まれる。中でも、長らく森山が専門としているギャンブル依存症やアルコール依存症の患者が多い。病を得る前の森山は、それを完治させることが「treatment（治療）」であると考えていた。

「美容院に行けば、シャンプーした後にトリートメントをして、患者さんは心地良くなって帰っていく。定期的なケアで、そうした快適さが持続されればいいのかな」と今は考えている。それは、定期的な通院を続けている自分の病にも通じる。

もう一つ、森山を支えているのが、「Negative capability（ネガティブ・ケイパビリティ）」という言葉だ。直訳すれば「負の力」だが、答えを出す力ではなく、どうにも答えが出ない事態に耐える力を指す。元は19世紀の英国の詩人ジョン・キーツが文学者の資質について用いた表現だったが、それから150年を経て、英国の精神科医であるウィルフレッド・ビオンが再び光を当てた。症状と治療を単純に対応づけるような風潮に異を唱えるためだ。ギャンブル依存症のように特効薬のない病や慢性の病気、また終末期の患者と向き合う際に、医師が「負の力」を持てばもっとできることがあると、心底納得できる。

森山が専門とする依存症の自助グループでは、いつも最後に「セレニティ・プレイヤー（平安の祈り）」を唱和する。「神様、私にお与えください。自分に変えられないものを、受け入れる落ち着きを。変えられるものは、変えてゆく勇気を……」と。

かつては人ごとだったが、今は自分のこととして心に染み込んでいく。白血病になったことは変えられないが、それを受け入れ、これから先も明るく前向きに生きていこうと、気持ちは変えられる。その通りに時が流れ、18年には退院から10年の節目の年を迎えた。その先には、80歳の誕生日がある。医師にも作家にも定年はないが、自分で70歳と決めていた定年は、健康を取り戻した今、80歳に延ばした。

毎朝、自宅から片道15分ほどの道のりを、セラピー犬のシン君と共に歩いて通う。週末には、看護師長でもある妻と、診察室に飾る花を求めるついでに買い物に出る。医業も作家業も座りがちの仕事であるため、職業病の腰痛を克服しようとストレッチに励む。ダンベルを剣道の素振りよろしく勢いよく振り下げる運動も、30年来続けている。

医学部時代に、「観察する」「資料を調べる」「揺さぶってみる（自分なりの考察をする）」という手法を教え込まれた。これが、患者の診療にはもちろん、執筆業にも大いに生かされてきた。

「命の限りを知ったあとの人生は輝く。精神科医も作家も天職かな」

■病歴

2007年７月水曜日　職場の健康診断を受ける。

木曜日　検査会社からの電話で、検査結果が異常のため、速やかに血液内科を受診するよう勧められる。

金曜日　総合病院で、急性骨髄性白血病の診断を下され、「生死は五分五分」と告げられる。そのまま入院して無菌室に入室し、化学療法を開始する。化学療法３クール目で、白血病細胞が全体の５％以下となり寛解に至るも、徹底してがん細胞を叩くために４クール目まで投与を継続。その後、自己の末梢血から採取した造血幹細胞を移植。入院中、無菌室で『水神』（新田次郎文学賞受賞）、『ソルハ』（小学館児童出版文化賞受賞）を書き上げる。

12月28日　退院。自宅療養を経て職場に復帰。

順風満帆の中、ステージ4のがん宣告

悪性リンパ腫

井埜利博　医療法人いのクリニック
（埼玉県熊谷市）理事長・院長

日本人の2人に1人ががんになる。医師にはおなじみの事実だが、がんであると伝えられ、一様に衝撃を受ける。「なぜ、自分が……」と。井埜利博は地域に根差して開業し、順調にクリニックの経営を拡大し、社会活動も続けてきた。2015年、突然、血液のがんである悪性リンパ腫、それもステージ4の宣告を受けた。自分が病に倒れれば、かかりつけの患者への対応や自院の行く末にも真剣に思いを巡らせなくてはならなくなる。がんとの闘いが始まった。

井埜利博（いの・としひろ）
1951年群馬県生まれ。77年順天堂大学医学部卒業。同学部小児科学教室入局。2000年いのクリニック開院。熊谷市医師会附属准看護学校校長。群馬パース大学保健科学部客員教授。

撮影・森浩司

がんは青天の霹靂。とは言え、全く予兆がないわけではなかった。診断を受ける2年程前、13年のある日、頸部（首）の左側に直径2センチほどの小さなしこりを発見した。触れるとグリグリとした形が分かったが、リンパ節だろうと考えて深く気にとめなかった。仕事は充実しており、立ち止まる余裕はなかった。

井埜は1951年、群馬県伊勢崎市に生まれ、建設会社を営む父の下、埼玉県熊谷市で育った。県立熊谷高校から順天堂大学医学部に進み、小児循環器病学を専門に据えた。

2000年、慣れ親しんだ熊谷市で、自宅に隣接して「いのクリニック」を開院した。近隣では小児科への参入が相次いでおり、過当競争を招かないように、小児科だけでなく内科も掲げた。無床の診療所として、当初はささやかなスタートだった。地元の幼なじみたちが、「井埜が開業するなら」と家族ぐるみで受診してくれた。中学校の同級生だった妻はしっかり者で、事務長と一緒になって事務部門をまとめ上げた。

頸部のしこりが腫れ痛みを持つ

クリニックの患者は順調に増え、08年には4階建ての新棟を建て、19床の病棟を開設した。高齢者では全身の管理が必要な患者も少なくない。軽度の肺炎や胃腸炎などで総合病院へ紹介するまでもない患者は、自院で受け入れたいと思った。

開院以来、医師は自分1人だけで切り盛りしていたが、病棟を設けた際に常勤医を1人増員した。有床診療所には医師の当直義務はないが、もし患者の急変などがあれば、看護師から自宅にいる井埜の元に連絡が入る。深夜に起こされることは少なからずあった。それなりにタフな仕事は、60歳代前半の身には少し堪え、疲れが取れにくくなっていた。

新棟の3階には、住宅型有料老人ホーム「乃の花」(定員9人)も開設した。医療を核に、地域の求めに応じて施設を拡充しつつあった。建築や設備投資のために、銀行から多額の融資を受けていた。経営は極めて順調であり、自分が元気で診療を続ければ、返済には何の支障もないはずだった。週に8コマの外来を続け、外来がない時間には訪問診療にも出向いた。

群馬パース大学(高崎市)保健科学部の客員教授、熊谷市医師会の理事、同附属准看護学校校長などの要職にも就いていた。また、小児の受動喫煙対策をライフワークに据えて、09年には「日本小児禁煙研究会」を立ち上げた。熊谷ロータリークラブの役員として社会奉仕活動にも励んでいた。診療外でも、多忙な日々を送っていた。

15年の夏ごろには、頸部のしこりは直径5~6センチの大きさになり、妻も「腫れているわね」と心配した。さらに、痛みまで持つようになっていた。自らエコーを当ててみると、前より大きくなっているのは明らかだった。

「2年経ってだいぶ進行していることから見て、悪性のものかもしれない。放っておいてはいけない」

腫れているのが、リンパ節であることは間違いなさそうだった。日ごろ、がんが疑われる患者を見つけて、専門医に宛てて紹介状を書くことは少なくなかった。悪性リンパ腫の疑いのある患者についても、これまで5人ほど、熊谷からアクセスの良い群馬県立がんセンター（太田市）へ送った経験があった。中には、残念ながら命を落とした患者もいた。

悪性リンパ腫には、感度が高い2つのマーカー（β_2－ミクログロブリンとsIL－2R＝可溶性インターロイキン2受容体）があることが知られている。増加したがん細胞からこれらのマーカーが作り出され、血液中に放出される。井埜は、まずそれを調べるのが、先決だと考えた。看護師に採血してもらって、すぐに検査会社に送った。その2項目の値は明らかに高く、異常であることは明白だった。

「このまま遠からず死んでしまうかもしれない。死は避けられないことだが、がんが事実なら、早く教えてもらった方がいい」

井埜の父は90歳過ぎまで生きた。当時、母は92歳で存命しており、いわゆるがん家系ではないはずだった。健康診断は定期的に自院で受けていた。コレステロール値や尿酸値は高めで、血圧も年々上がっていた。生活習慣病の悪化はあり得るかもしれないと思っていたが、がんは想定外だった。飲酒は晩酌程度、禁煙に取り組む医師であり、最後にたばこを吸ったのは医師国家試験の直前で、以来、禁煙を続けている。

医師の言葉に救われたり傷付いたり

井埜は、悪性リンパ腫についての文献を読み漁った。親しい医師仲間に血液内科の専門医はいなかった。群馬県立がんセンター宛ての紹介状は自ら書き、産婦人科医である次女の名前を入れて完成させ、予約を入れた。次女は、週1回クリニックの小児科診療を手伝ってくれていた。

15年9月、午後の診療がない日に、妻に運転してもらい、群馬県立がんセンターに向かった。血液内科の医師は、落ち着いた女性医師だった。井埜は、エコーを数回してみて腫瘍が大きくなっていること、血液中のマーカーが共に高値であることを伝えた。そして、ためらいつつも、自分が医師であることも告げた。後から医師と分かるのも気まずいだろうし、専門は違っても医師同士であれば、より深い説明が聞けるだろう。

一通りの診察をした後、「先生のおっしゃる通り、悪性リンパ腫のようです」と告げた。予想の通り深刻なものだったが、優しい物言いに救われた。確定診断には、腫れているリンパ節の一部を採取して組織を調べる生検が必要だった。

そこで、頭頸科の耳鼻咽喉科医の外来へ回った。担当した医師は、局所麻酔をかけるとのぞき込んだ後、「すぐ切ってみないと駄目ですね」と告げた。そのぶっきらぼうな物言いが、心に刺さった。組織を採って調べる生検には、局所麻酔と全身麻酔があると説明を受け、「痛くない方でお願いします」と頼んだ。

局所麻酔の方が切開は小さくて済むが、苦痛を避ければ、全身麻酔になるはずだった。

精密検査のため、人生で初めて入院することになった。悪性リンパ腫にはいくつかタイプ（病型）があり、ホジキンリンパ腫と非ホジキンリンパ腫（悪性度により3病型）がある。せめて悪性度が低いものであってくれと、運を天に任せるのみだった。

全身麻酔による生検に加えて、腫瘍の広がりを調べる画像検査としてPET－CT検査も行われた。しこりのある左側だけでなく、右側の頸部、腋窩《えきか》（脇の下）、胸部、腹部、そして骨盤にも転移が見つかり、最も進行したステージ4だった。最悪の知らせだったが、悪性度が低い方の「濾胞性リンパ腫」であり、いくらか衝撃は緩和された。

「濾胞性悪性リンパ腫を多く診ていますが、元気で回復された人が大勢いますよ」

主治医の言葉を聞いて、豊富な診療経験が心強く感じられ、落ち込むことはなかった。はっきり自覚できるのは、最初に見つかったしこり（原発巣）のある左頸部とリンパ節のわずかな痛みだけだ。熱もなければ、その他の場所には痛みもなかった。

治療法として提示されたのは、悪性リンパ腫に著効を示す分子標的薬リツキサンを中心にした化学療法だった。井埜が下調べした通りで、「お願いします」と頭を下げた。信頼の置ける医師に身を預けられることは、幸いだった。闘病に入ることで、診療所経営の先行きは不安だったが、〝まな板の鯉〟の心境だった。

化学療法は、まず入院でスタートし、第2クールからは週1回外来に通って受けることになった。

治療中も、体調と相談しながら診療を続けられそうだったが、妻の助言に従って、全て代診の医師に任せることにした。群馬パース大学の講義、熊谷市医師会の公務、校長である同付属准看護学校の講義も休職した。

家族らの代診で治療に専念

治療に専念できたのは、娘とその夫である義理の息子が、クリニックの診療を肩代わりしてくれたからだった。母校である順天堂大学の後輩の女性医師も、井埜と専門が同じである小児循環器内科の治療を引き受けてくれた。

こうした万全のバックアップ体制で、患者はもちろん、スタッフにも大きな動揺はなかったようだ。年末にはクリニックの忘年会に出席して、スタッフに自分の病名を伝え、「息子が中心でやっていくから、よろしく頼む」と告げた。

井埜には娘が2人おり、次女だけが医師になった。親の背中を見て育ち、迷うことなく医学部に進み、小児科とつながりの深い産婦人科医になった。次女は今も総合病院に勤務しているが、内科医である夫は、井埜の闘病をきっかけに勤務していた病院を辞め、いのクリニックの副院長になってくれた。

抗がん剤の副作用は比較的軽いとされていたものの、それなりにあった。まず、頭髪が全て抜けてしまった。女性であれば、かつらを検討したかもしれないが、元が豊かな黒髪というわけでもないため、そのままにした。頭髪だけでなく、まつ毛や眉毛まで抜けてしまい、顔つきにすごみが出てきた。

化学療法を開始した当初が、一番つらい時期だった。点滴を受けた日は体のだるさに耐えかねて、帰宅後は終日伏せて過ごした。副作用を抑えるための制吐薬や頭痛薬も手放せず、手の先には痺れが出てきた。しかし、回を重ねるごとに、徐々に副作用は軽くなり、治療当日以外は日常生活に支障が出るほどではなかった。

閉口したのが痔だった。免疫細胞である白血球が減少したためか傷が治りにくくなり、感染箇所が悪化した。主治医に頼んで、白血球を増やすためのG-CSF（顆粒球《かりゅうきゅう》コロニー刺激因子）製剤を注射してもらった。いよいよ痔の専門医にかからなくてはいけないと思いかけたころに抗がん剤投与が終わり、自然に回復していった。

自宅療養中は、全く診療をしていないわけではなかった。新しい環境で奮闘している娘婿の負担を少しでも軽くしたいと、自院に併設する有料老人ホームへの訪問診療だけは続けていた。軽い息切れがしたが、何とかこなせた。

熊谷市医師会の会長には病気のことは直接伝えたが、見舞いは固辞した。闘病している姿を見られるのは嫌だったし、遠からずの回復を信じていたからだ。見舞いに来たのは、ごく限られた親族だけだった。

患者として関わる医療は、治療する側とは全く別物だった。自宅療養中、体調の良い日は何も取り立ててすることがなく、手持ち無沙汰だった。そこで、まず病気について徹底的に知ろうと、文献を調べまくった。そして、日々の治療の経過や医学的所見を日記として書き綴った。

「ただテレビを見ているだけでは仕方ない。同じような病気の人の役に立てばいい」

過去に小児科学の専門書は何冊か書いた経験があるが、闘病記はもちろん初めてだった。電子書籍で『私の癌活　ある医師の悪性リンパ腫闘病記』上・下巻（アマゾンKDP）を出版することにした。

6クールの化学療法が全て終わったのは、確定診断から半年が経過した16年3月だった。PET－CT検査を受けると、がんはきれいに消えていることが分かった。それだけで十分な吉報だが、井埜は、血液中の2つの腫瘍マーカーを調べてみることにした。高額な検査のため、病院では見合わせたようだったが、主治医には内緒で、自院で採血して検査会社に出したところ、どちらの値も見事に下がっていた。もっとも、〝無罪放免〟となるのは、もう少し先のことだった。ここから2年間、再発・進行予防のための維持療法として半年置きのリツキサンの投与が続くのだ。

患者へのがんの告げ方にはより配慮

井埜が外来を再開すると、大半の患者は病気のことを知っていて、「お大事にしてくださいね」と、帰り際に声をかけてくれた。自分を待っていてくれた患者とまた向き合うことは本当にうれしかった。

患者に接する際は、以前からソフトな物腰だったので、その点では変わらない。ただし、がんを発見した場合の告げ方には、より配慮するようになった。

半年ぶりに、往診にも本格的に復帰した。診療は次女夫妻が中心にサポートしてくれたが、経営管理の面では妻が頼みだった。井埜の妻は医療の資格は持っていないが、介護事業の会社を立ち上げ、有料老人ホームだけでなく、東松山市で認知症のグループホームも運営していた。妻が運転する車に片道20分揺られて往診に向かいながら、日常が戻ってきたことを実感した。

娘婿の方針で入院が減ったことが影響して、クリニックの患者は少し減っていた。15年末にスタッフに十分なボーナスを出せそうもないと、日本政策金融公庫から借り入れをした。後継者が決まっているからこそ、借金することもできるのだ。

夕食時の晩酌も病前の2合にまで戻り、食が進んだ。化学療法を続けていても、体力が回復したこともあり、帰宅して寝込むようなことはなくなった。

死と背中合わせのがんという病気になって得たものは、〝悟り〟かもしれない。

「遅かれ早かれ、いずれ人間は死ぬ。少し早く死と直面して、死に支度を考えるようになった」

自分の最期の時、妻は、クリニックは、そして、自分はどこで過ごそうか……思いを巡らせる。

がんから生還しても、生活習慣病が悪化して命取りになれば、元も子もなくなる。血圧や尿酸値、糖尿病に関わるヘモグロビンA1c値も高めなので、薬で抑えている。妻から、朝食は果物だけ、夕食のご飯も1膳だけに制限されている。中学時代から数えれば、妻とは半世紀以上にわたる付き合いになり、頭が上がらない。がんのリスクが消えたわけではない。一度がんになって治療で免疫力が落ちると、二次がんとして他のがんも発症しやすくなるため、注意しないといけない。

16年、初詣で引いたおみくじは「凶」だった。妻の勧めでもう1回引いたが、またも「凶」。さらにもう1回、〝三度目の正直〟で「大吉」が出て安堵した。翌17年は参る神社を変えてみたものの、あろうことか「凶」「凶」「大吉」という同じパターンだったが、妻と苦笑いする余裕がでてきた。

18年春には、2年間続けた維持療法が終了した。その後は2〜3カ月ごとに通院して、血液検査で腫瘍マーカーを調べ、造影CT検査を受けているが、幸い再発の兆しはない。

「闘病中、少なくとも東京五輪のころまでは、一線で診療を続けたい、と願っていたが、もう少し長く頑張れそうだ」

心の充電も十分で、闘病記に続いて、ノンフィクションや推理小説なども執筆している。日常が戻ってきたことを、心から楽しんでいる。

■病歴

2013年　左の頸部に直径2センチほどの小さなしこりがあるのを発見。

15年夏　頸部のしこりは直径5〜6センチの大きさになり、自らエコーを当ててみた。自院で採血し、悪性リンパ腫について感度が高い2つのマーカーを調べたところ、いずれも高値を示す。

15年9月　群馬県立がんセンター血液内科を受診し、悪性リンパ腫の可能性を示唆され、精密検査のため入院する。PET-CT検査やCT検査により、右側の頸部、腋窩（脇の下）、胸部、腹部、骨盤にも転移が見つかる。ステージ4の濾胞性悪性リンパ腫と確定診断が下る。入院して、リツキサンを点滴投与する化学療法をスタート。第2クールからは外来で週1回、6クールまで実施。

16年3月　PET-CT検査で、全身のがん細胞が消えていると分かる。自院で2つの腫瘍マーカーを検査すると、いずれも低く異常は認められず。維持療法として2年間、半年置きのリツキサンの投与を継続。

人生が2分の1なら倍以上働き遊ぶ

胃がん

嶋元徹　嶋元医院（山口県大島郡周防大島町）院長
大島郡医師会会長（当時）

「僕は胃がんで進行がんなので、明日手術を受けて胃を全摘してきます」——2017年6月26日、山口県大島郡医師会の席上、会長の嶋元徹が最後にこう切り出すと、参加していた20人ほどの医師たちは言葉を失った。嶋元は56歳で、がんを発症する年齢としては若く、「進行がん」の意味するところも明らかだった。それからの1年半、「人生が2分の1なら、濃くないともったいない」と、一つひとつ身近な目標を立ててはクリアし、命の残り火を燃やし続けた。

嶋元徹（しまもと・とおる）
1961年山口県生まれ。88年近畿大学医学部卒業。近畿大学医学部附属病院、昭和病院（現・尼崎新都心病院）を経て、93年から嶋元医院勤務。2019年逝去。

撮影・塚﨑朝子

瀬戸内海に浮かぶ温暖な周防大島は、常夏の楽園ハワイにもたとえられる。ハワイと異なるのは、1976年に本州と結ばれる大島大橋が架かり、往来が容易になったことだ。橋は利便性をもたらす一方で、人口が流出する道筋ともなり、住民の過半数が65歳以上で、日本一高齢化率の高い島と言われている。

嶋元医院は橋の袂から5分ほど車を走らせた先にあり、島に7軒ある診療所の1つだ。

公私ともに充実した開業医の二代目

嶋元は1961年、当地に医院を構えた父親のもと、2人の姉の下の長男として生を受けた。仕立屋を営んでいた祖父は羽振りが良く、父を広島の進学校に国内留学させて、医師にした。開業医の二代目として、嶋元の運命は生まれながらに決まっていた。子どものころは反発したが、「お前がやらんで、どうする」と言われ続け、渋々勉強して、県立柳井高校から現役で近畿大学医学部に入学した。

心臓外科医に憧れていたが、88年に医学部を卒業すると、母校の循環器内科に入局した。いずれ医院を継承するならば、地域医療に直結する専門が良かろうと判断した。大学病院や関連病院で内科の修業を積み、93年に跡継ぎとして嶋元医院に入ったのは、32歳の時だった。将来を見据えて、自分の思いを込めた診療所を設計してもらい、新築した。

父は、大島郡医師会会長、周防大島町社会福祉協議会会長などを務め、多忙な中で、まだ現役で診療もしていた。親子で並んで仕事をすると、けんかになりそうだった。そこで、診察室は一つだけ置き、嶋元が休みを取る週1日だけ、父は診察に当たった。

開業医の厳しさも、やり甲斐も、子どもの時分から嶋元に刷り込まれていた。朝起きると、本来は診察室にあるべき往診カバンが、居間に置かれていることがしばしばあった。一晩に2回以上、父が往診に呼ばれることはよくあることだった。「時間外に患者を診るのは、地域医療では当然」という信念は、嶋元の胸にも刻まれていた。

昔ながらの家庭医として、24時間を診療に捧げてきた父のスタイルも患者も、そして責任感も受け継いだ。2007年に父が亡くなると完全に代替わりし、子どもから高齢者まで、多い日は100人を超す外来患者を診ることもあった。

10年には、父親と同じく大島郡医師会会長に選出された。当時の会員数は37人で、小規模な医師会ながら、山口県内で最年少の医師会長だった。月1回の研修会に加え、最大の年中行事である大島医学会の開催などもあり、忙しさにも拍車がかかっていった。

オフも充実しており、楽しみは主として2つあった。1つが、釣りだ。診療所兼自宅は、目と鼻の先が海という立地で、診療前でも昼休みでも釣り糸を垂れれば、おかずとなる獲物が狙えた。もう1つが、2輪のロードレースだ。大学時代は、危険だとして父に運転免許証を取り上げられ、運転を禁じられていたが、免許を再発行してもらいこっそりオートバイに乗り続けていた。

医師になってからも、仲間と連れ立ってツーリングに出かけた。20年ほど前のこと、仲間の外科医から、ロードレースに出場していることを知らされた。興味本位で自分も参戦してみたところ、嶋元はその虜になった。大学で体育会系のクラブ活動はしたことがなかったが、ウインドサーフィンにのめり込んでいた。タイムを競うロードレースの快感はそれに勝った。

看護師の妻は静かに受け止めた

岡山県美作市に国際サーキットがあり、春から秋のシーズン中、月1回のペースで日曜に公式レースが開かれている。嶋元はその常連になった。土曜日に13時まで診療した後、バイクを車に積み、片道4時間ほどの道のりを飛ばす。翌日曜日は、朝から予選、決勝と続く。真夏の3時間耐久レースのような過酷な勝負もあり、全身の筋力や強い心肺機能が求められた。転倒して手指の骨を折った経験もあるが、仕事への支障は最小限で済んでいた。16年までは――。

翌17年5月7日、その年の開幕レースが開催された。日ごろ練習を積んでいるわけではないため、半年以上のブランクがある開幕戦は、いつも以上に疲労がたまる。レース後1週間ほど食欲が落ち込むのは、例年通りのことだった。

6月4日、シーズン第二戦を迎えた。レースは完走したが、体調不良が続き、食べ物を飲み込む際に喉元につかえる感じがした。違和感が抑えられず、いつも患者を紹介している周東総合病院に頼み、上部内視鏡（胃カメラ）検査の予約を入れた。「胃がんか食道がんではないか」と覚悟した。

6月16日、午前中の外来を終えると、検査に向かった。前日までびっしり予定が詰まっており、最短で予約した検査日だった。健康診断は毎年欠かさず受けていたが、忙しさにかまけて胃カメラを入れてもらうのは久しぶりだった。

モニターに胃の内部の画像が映し出された瞬間、嶋元は全てを悟った。胃がん、それも進行がんであることが見て取れた。消化器は専門外であるが、説明を要しないほど明確な所見だった。

診察室の担当医は、胃がんという診断名をはっきり口にした。早期がんではなく、ステージは2か3とのことだった。医師同士のため言葉を要さず、会話は最小限だった。「どうしますか」と尋ねられ、「この病院ですぐに手術してください」と即答した。精密検査をしていないので、がんがどれほど深くまで達しているかは不明で、〝素人判断〟だったが、がんの顔つきは悪く、根治する見込みはなさそうだった。

その日のうちにできるだけ多くの検査を済ませようとすれば、16時から再開する予定でいた外来の患者を待たせることになる。自院に電話をすると、看護師でもある妻は、電話口で静かに事実を受け止めた。

嶋元は酒が好きで、毎日の夕食時に晩酌をしていた。たばこは学生時代に数年吸っていたが、循環器を専門とする医者の務めとして、すっぱりやめていた。がんのリスクとして、大きく思い当たるものはなかった。

最短で手術日を調整してもらい、6月27日と決まった。その前日、嶋元は午前の外来を終えると入院した。心肺機能や心電図など、術前の検査を一通り終えた後、向かったのが、大島郡医師会の会場だ。そして、会長である嶋元は、壇上から自らの病名を告白した。

嶋元の父は、前立腺がんで亡くなっていた。ホルモン療法などで長らく症状が抑えられていたが、最終的に転移が命取りになった。父は自分の病名を知っていたが、家族には「誰にも言うな」と厳命していた。この地では一世代前には、「がんであることは身内の恥」という意識が強かった。しかし、がんを隠したことが様々な憶測を呼んだ。

「がんを公表しなければ、仕事を続けられないだろう。腫れ物に触るような状況になれば、社会生活も成り立たなくなる」

腹をくくって告白した嶋元は、どよめく大島郡医師会の場を後に、入院先の周東総合病院に戻った。

翌日、胃を全摘する手術に臨んだ。胃を覆っているリンパ節も全て摘出されたが、組織検査で、がんは患部から最も遠いリンパ節にまで達していたと分かった。腹水（腹腔内に貯留した液体）を検査したところ、陰性でがん細胞はなかった。遠隔転移はないと判断され、診断はステージⅢCだった。でも、限りなく末期のステージ4（遠隔転移あり）に近いようだった。

「手術で取り切れると思わなかった。どこかで転移するやろう」

手術から9日後、7月6日朝に退院すると、そのまま10時から外来を再開した。診療は休むことなく続けたが、手術後の合併症に悩まされた。胃を全摘すると、食べた物が一気に腸へ流れ込むことで、ダンピング症候群が起こる。食後ほどなくして、全身の倦怠感や、腹痛や下痢などの腹部症状が生じるため、1度に少量しか食べられない。朝食後、外来が始まるまで1時間ほど横になる。昼食後も夕食後も同様だ。カロリーを摂取するため、外来をしながら菓子をつまみ、夜半に目覚めればパンを口にした。夜は熟睡できず、2時間ずつ3回に分けて睡眠を取った。

患者を含めて誰に対しても、がんであることを隠すまいと思った。「痩せましたね」と聞かれれば、胃がんで手術をしたことを伝えた。SNSで経過を報告すると、口コミで一気に知れ渡った。患者から体調を気遣われ、「頑張ってください」と言葉をかけられると、大いに励まされた。

病を得ても譲れないものは、2輪のロードレース出場だった。17年8月には胃の全摘手術から2カ月で、岡山国際サーキットのレースに復帰している。9月3日の3時間耐久レースではスタート直後に転倒し、完走はしたものの実は骨盤を骨折していた。それでもひるまなかった。

「人生が2分の1なら、2倍働いて2倍遊べば、チャラになる。人生が濃くないともったいない」

しかし、悪い予感が現実になろうとしていた。術後は補助化学療法として経口の抗がん剤（ティーエスワン）を服用し始めた。これにより白血球や好中球が減少したため、副作用を増強しかねない白金系の抗がん剤を併用することができなかった。

18年が明けるころから腹部が重たく張り、腹水が貯まっていることは、はた目にもはっきりと分かった。3月に腹水を抜いてもらうと陽性で、1年足らずで腹膜への転移が明らかになった。このため、手術不能ながんに対する2番目の化学療法として、2剤（サイラムザとタキソール）を点滴で投与する治療に切り替わった。

ノーベル賞の決まった日にオプジーボに望み

月曜午後は病院で化学療法を受けるため、診療を一時中断しなくてはならなかったが、それまで以上に、診療にも医師会などの公務にも全力投球した。

体調の許す限り、毎朝6時から自宅から1キロ足らずの港まで走り、ストレッチを行った。走り切ることで、今日も生きられると実感できた。

ダンピング症候群が回復しない上に、抗がん剤の副作用も加わってきた。頭髪は以前より薄く、髪質は縮れたように変化したが、整髪剤で押さえれば気にならなかった。ただでさえ量を食べられないところに、味覚異常が食欲不振に拍車をかけた。そして倦怠感が全身を襲った。

しかし、5月6日に2輪のロードレースのシーズンが開幕すると、例年通り挑み続けた。土曜午前中の外来が終わってから、車にバイクを積み込んで出発した。体調や生活リズムの変化を考慮して、ホテルでは個室に泊まったが、愛車に乗り続けることは、生きている証だった。

5月末、大島郡医師会の最大の行事である大島医学会が開催された。例年は外部から講演者を招いていたが、今回は自ら壇上に上がった。題して、「病気だけど、病人じゃない！—がん体験から人生を考える」。包み隠さずに自分の病状と経過を話し、思いを吐露した。

世の中では終活がブームだが、切羽詰まらないと本気で死と向き合うことができない。嶋元は、何も予定がなければ、丸1日寝ていられるほどに体調が悪化していた。だからこそ、1日1日、目覚めてから寝るまで、パズルのようにきっちりと予定を詰め込みたかった。パズルが完成したら、翌日のパズルにまた取り組めばいい。長期の展望は抱けなくても、短期の目標をコツコツ立てた。

大島医学会での講演が評判を呼び、主に医療関係者向けに、時として一般聴衆を対象にした講演の依頼が舞い込んだ。それは、大事なパズルのピースだった。

半年にわたり抗がん剤の投与を続けても、腹水が貯留《ちょりゅう》するスピードは速まり、定期的に腹水を抜かざるを得ない状況は続いていた。

9月末に行ったCT検査の結果は思わしくなかった。10月1日の外来で、主治医は、副作用で体が疲弊する前に、薬をオプジーボへと切り換えることを提案した。

その日の夕方、ノーベル生理学・医学賞を伝えるニュース報道を見ると、その薬が華々しく取り上げられていた。オプジーボ開発の功績により受賞した本庶佑《ほんじょたすく》は、高校までを山口県で過ごしたという。親近感を覚え、運命的なものを感じた。ノーベル賞級の薬と聞いて期待も高まった。しかし、万能な薬でないことも分かっており、落ち着いていた。

「末期という今の状態では、効いたらラッキー、効かんでもしょうがないぐらいに思わないと……」

10月半ば、〝最後の砦〟となるオプジーボの投与が開始された。診療と並ぶ生き甲斐であるロードレース出場には、さらに貪欲になった。28日の最終戦では、3レースにエントリーした。どれも中途半端になるのではないかと懸念されていた。筋力も体力も落ちているため、急カーブでヘルメットを上げるのも苦労した。しかし、全て決勝に進出して完走したのみならず、「80－M:i n:i」というクラスでは2位に滑り込んだ。わがままを貫いた末の価値ある勝利だった。

病を得てからの1日1日は充実している

病魔は容赦なく進行した。小腸に狭窄している箇所があるために、食べた物の通過障害が悪化していた。11月26日、心臓に近い中心静脈にカテーテル（細いチューブ）を挿入したままにして、高カロリー輸液で栄養を摂取することになった。

そして、決断の時が来た。自分が納得する診療ができないため、12月から完全に休診して、自宅で療養することにしたのだ。閉院ではなく、あくまでも休診とした。地域で在宅医療を担い、濃厚な医療行為をするより、患者本人が苦しまず好きなことができるようにと心を砕いてきた。その流れの中に自分がいた。

がんは多くのものを奪った。大きな夢、それは周防大島町の町長になることだった。医師会長などの立場で行政と交渉する機会は多く、町を変革するには、自分が町長になるしかないと考えた。そして、ありふれた夢はたくさん……孫の顔を見ることはきっと叶わないだろう。

一方で、病を得てからの1日1日はとても充実しており、豊かな日々を送れている。

「2倍かどうかは分からないが、1倍以上は頑張った。幸せかもしれん」

何とか口から食べられるようにと、12月12日に腸管からバイパスを作る手術に臨んだ。しかし、開腹しても手が付けられない状態だ。21日になると、腸閉塞により、激しい腹痛と嘔吐に見舞われた。最期に一口でも口に含みたいと、胃瘻《いろう》の造設を検討した。と言っても、胃がないため、首から食道に穴を開けて小腸までチューブを通した。これにより腸管の減圧に成功し、食べ物を少しずつ口に含むことができるようになった。

26日には力を振り絞り、周東総合病院で「がん患者として医療関係者におくる最後のメッセージ」と題した講演に臨んだ。体調により中座せざるを得なくなったが、力強いメッセージは伝わったはずだ。

大晦日、自宅に4Kテレビを新調して、紅白歌合戦を見る目標が叶った。年越しそばを飲み込めずとも、味わうことができた。19年が明けると初詣に出かけて、108段の階段を上り切り、おせち料理も口に含んだ。1月17日、58歳の誕生日を迎えた後、1週間、命の残り火を燃やした。自ら明言した通り、一つひとつの目標を達成し、命の限り頑張り続けた。

■病歴

2017年６月４日　岡山で行われたロードレースを完走するも、直後から体調不良が続き、食べ物を飲み込む際に喉元のつかえを感じる。違和感が抑えられなくなる。

６月16日　周東総合病院で、上部内視鏡胃カメラ検査を受け、胃がんと診断される。ステージは２ないし３。

６月26日　会長を務める山口県大島郡医師会の席上で、胃がんであることを告白。

６月27日　胃を全摘し、胃を覆うリンパ節も全て摘出する。腹水検査は陰性で遠隔転移はなく、診断はステージ３Ｃ。

７月６日　朝に退院し、10時から外来を再開。手術の副作用であるダンピング症候群に悩まされる。補助化学療法として経口の抗がん剤（ティーエスワン）の服用を開始。

８月　２輪のロードレースに復帰。

９月　３時間耐久レースでスタート直後に転倒し、完走するが骨盤を骨折。

18年１月　腹部が張り、腹水が貯まり始める。

３月　腹水の検査は陽性で、腹膜への転移が明らかになる。手術不能のため、サイラムザとタキソールの点滴投与を開始。

５月６日　２輪のロードレースに開幕戦から参加。

５月末　大島郡医師会の大島医学会で講演。

10月１日　ＣＴ検査の結果は思わしくないことから、主治医がオプジーボの使用を提言。本庶佑が、ノーベル生理学・医学賞受賞。

10月28日　シーズン最終戦で、３レースにエントリーし全て決勝に進出して完走。「80-Mini」で２位入賞。

11月26日　中心静脈にカテーテルを留置して、高カロリー輸液による栄養摂取を開始。

12月12日　腸管からバイパスを作るための開腹手術に臨むも、叶わず。

12月21日　首から食道に穴を開けて、小腸までチューブを通す（経皮食道胃管挿入術）

19年１月24日　逝去。

おわりに

――♪　いつも　何気なく歩いている　道端に　小さな花が　咲いているのに
　僕らは　それを　見ることもしないで　通り過ぎる
〈中略〉
ほんの少しだけ　手を伸ばせば　ほらそこに
小さな花が咲いているでしょう　♪
（髙橋修・作詞／作曲『小さな花』）――

肺がんの体験を語ってくれた髙橋修氏（平和病院緩和支援センター長）が16年前、退院を迎えた日のこと。傷の痛みをこらえながら、小学生だった息子の授業参観に参加すると、「父さん、お帰り」と満面の笑みが返ってきたことを鮮明に覚えている。
「お帰り」「ただ今」……当たり前の会話が幸せであることを、普段は忘れている。髙橋氏と仲間たちのバンド「ハッピータイム」が2019年にリリースしたアルバムのタイトルとなった『小さな花』という曲には、そんな思いが詰め込まれている。

12年の「新語・流行語大賞」でトップ10に入った言葉に、「終活」がある。しかし、我々は元気な時には、人生の終わり時間を特段に意識することはなく、今を自分らしく生きるための終活に本気で取り組むことはないのかもしれない。

しかし、病を得てみると、がぜん世界は違って見えてくるのではないか。がんのような致死的な病気であれば、もちろんのこと、後に障害を抱えて生きていくことになれば、人生の行く末を否が応でも見つめ直すことになるだろう。

医師であろうとなかろうと、病は平等に降りかかってくる。医師であれば、少しだけ早く病を見つけられたり、治療の選択について相談できる仲間がいたりするかもしれない。それは心強いことだ。

では、仕事のことを思い煩うことなく療養できたり、再び仕事に復帰できたりするのは、医師であるからだろうか。本書に登場した18人の医師たちは、病を得た後、なお医師という天職で輝きを取り戻している。だが、それは、医師だからといった単純な理由ではない。

まず、療養と復帰の環境を支えている、家族、友人、仕事仲間など、周囲からのサポートの力が大きい。そして何よりも、本人の並々ならぬ努力がある。そうした「人生の輝かせ方」を惜しみなく教えてくれたことに、改めて感謝を捧げたい。

「(僕の話を聞いて)ちょっとでも皆さんが一歩何かを進めるとか、目標を1つ作るとかして、毎日、瞬間瞬間を楽しんで。感動する日がないともったいないないですから。1日、一瞬でもいいので、そういうことができるように、目標を持って1日1日を生きていただきたいなと思います」——故・嶋元徹氏(18年9月15日、周防大島町・妙善寺の講演会の最後に)

塚﨑朝子　つかさき・あさこ
ジャーナリスト。読売新聞記者を経て、医学・医療、科学・技術分野を中心に執筆多数。国際基督教大学教養学部理学科卒業、筑波大学大学院経営・政策科学研究科修士課程修了、東京医科歯科大学大学院医歯学総合研究科修士課程修了。著書に『世界を救った日本の薬』『iPS細胞はいつ患者に届くのか』、編著に『慶應義塾大学病院の医師100人と学ぶ病気の予習帳』『新薬に挑んだ日本人科学者たち』など。

朝日新書
755
患者《かんじゃ》になった名医《めいい》たちの選択《せんたく》

2020年 3 月30日 第 1 刷発行

著　者　塚﨑朝子

発行者　三宮博信
カバーデザイン　アンスガー・フォルマー　田嶋佳子
印刷所　凸版印刷株式会社
発行所　朝日新聞出版
〒104-8011　東京都中央区築地 5-3-2
電話　03-5541-8832（編集）
　　　03-5540-7793（販売）

Published in Japan by Asahi Shimbun Publications Inc.
ISBN 978-4-02-295060-4
定価はカバーに表示してあります。

安倍晋三と社会主義
アベノミクスは日本に何をもたらしたか

鯨岡 仁

異次元の金融緩和、賃上げ要請、コンビニの二四時間営業まで、民間に介入する安倍政権の経済政策は「社会主義」的だ。その経済思想を、満州国の計画経済を主導し、社会主義者と親交があった岸信介からの歴史文脈で読み解き、安倍以後の日本経済の未来を予測する。

資産寿命
人生100年時代の「お金の長寿術」

大江英樹

年金不安に負けない、資産を〝長生き〟させる方法を伝授。老後のお金は、まずは現状診断・収支把握・寿命予測をおこない、その上で、自分に合った延命法を実践することが大切。証券マンとして40年近く勤めた著者が、豊富な実例を交えて解説する。

かんぽ崩壊

朝日新聞経済部

朝日新聞で話題沸騰！「かんぽ生命 不適切販売」の一連の報道を書籍化。高齢客をゆるキャラ呼ばわり、偽造、恫喝……驚愕の販売手法はなぜ蔓延したのか。過剰なノルマ、自爆営業に押しつぶされる郵便局員の実態に迫り、崩壊寸前の「郵政」の今に切り込む。

ゆかいな珍名踏切

今尾恵介

踏切には名前がある。それも実に適当に名づけられている。「畑道踏切」と安易なヤツもあれば「勝負踏切」「天皇様踏切」「パーマ踏切」「爆発踏切」などの謎めいたモノも。踏切の名称に惹かれて何十年の、「踏切名称マニア」が現地を訪れ、その由来を解き明かす。

朝日新書

閉ざされた扉をこじ開ける
排除と貧困に抗うソーシャルアクション

稲葉 剛

25年にわたり、3000人以上のホームレスの生活保護申請に立ち合うなど貧困問題に取り組む著者は、住宅確保ができずに路上生活から死に至る例を数限りなく見てきた。支援・相談の現場経験から、2020以後の不寛容社会・日本に警鐘を鳴らす。

患者になった名医たちの選択

塚﨑朝子

がん、脳卒中からアルコール依存症まで、重い病気にかかった名医たちが選んだ「病気との向き合い方」。名医たちの闘病法に必ず読者が「これだ！」と思う療養のヒントがある。帚木蓬生氏（精神科）や『「空腹」こそ最強のクスリ』の青木厚氏も登場。

50代から心を整える技術
自衛隊メンタル教官が教える

下園壮太

老後の最大の資産は「お金」より「メンタル」。気力、体力、脳力が衰えるなか、「定年」によって社会での役割も減少します。「柔軟な心」で環境の変化と自身の老化と向き合い、新たな生き方を見つける方法を実践的にやさしく教えます。

江戸とアバター
私たちの内なるダイバーシティ

池上英子
田中優子

武士も町人も一緒になって遊んでいた江戸文化。それはダイバーシティ（多様性）そのもので、一人が何役も「アバター」を演じる落語にその姿を見る。今アメリカで議論される「パブリック圏」をひいて、日本人が本来持つしなやかな生き方をさぐる。

不安定化する世界
何が終わり、何が変わったのか

藤原帰一

核廃絶の道が遠ざかり「新冷戦」の兆しに包まれた不穏な世界。民主主義と資本主義の矛盾が噴出する国際情勢をどう読み解けばいいのか。米中貿易摩擦、香港問題、中台関係、IS拡散、反・移民難民、ポピュリズムの世界的潮流などを分析。

モチベーション下げマンとの戦い方

西野一輝

細かいミスを執拗に指摘してくる人、嫉妬で無駄に攻撃してくる人、意欲が低い人……。こんな「モチベーション下げマン」が紛れ込んでいるだけで、情熱は大きく削がれてしまう。再びやる気を取り戻し、最後まで目的を達成させる方法を伝授。